中国小小说名家档案

中国小小说名家档案

帘卷西风

周海亮◎著

吉林出版集团股份有限公司

总 策 划：尚振山
策划编辑：东　方
责任编辑：杨　洋
封面设计：三棵树
版式设计：麒麟书香

图书在版编目（CIP）数据

帘卷西风/周海亮著．—长春：吉林出版集团股份有限公司，2010.4
（中国小小说名家档案）

ISBN 978－7－5463－2842－3

Ⅰ.①帘…　Ⅱ.①周…　Ⅲ.①小小说－作品集－中国－当代　Ⅳ.①I247.8

中国版本图书馆 CIP 数据核字（2010）第 069600 号

书　　名：帘卷西风
著　　者：周海亮
开　　本：710 mm×1092 mm　1/16
印　　张：15
版　　次：2010 年 5 月第 1 版
印　　次：2017 年 6 月第 2 次印刷
出　　版：吉林出版集团股份有限公司
发　　行：北京吉版图书有限责任公司
地　　址：北京市西城区椿树园 15-18 号底商 A222
　　　　　邮编：100052
电　　话：总编办：010-63109269
　　　　　发行部：010-63104979
印　　刷：北京一鑫印务有限责任公司
书　　号：ISBN 978－7－5463－2842－3
定　　价：29.80 元

一种文体和一个作家群体的崛起

——《中国小小说名家档案》序

最近几年，由于工作的关系，我开始接触并关注小小说文体和小小说作家作品。在我的印象中，小小说是一种非常古老的文体，它的源起可以追溯到《山海经》《世说新语》《搜神记》等古代典籍。可我又觉得，小小说更是一种年轻的文体，它从上世纪80年代发轫，历经90年代的探索、新世纪的发展，再到近几年的渐趋成熟，这个过程正好与我国改革开放的30年同步。我觉得这是一个非常有意义和非常有意思的文化现象，而且这种现象昭示着小说繁荣的又一个独特景观正在向我们走来。

首先，小小说是一种顺应历史潮流、符合读者需要、很有大众亲和力的文体。它篇幅短小，制式灵活，内容上贴近现实、贴近生活、贴近群众，有着非常鲜明的时代气息，所以为广大读者喜闻乐见。因此，历经20年已枝繁叶茂的小小说，也被国内外文学评论家当做“话题”和“现象”列为研究课题。

其次，小小说有着自己不可替代的艺术魅力。小小说最大的特点是“小”，因此有人称之为“螺丝壳里做道场”，也有人称之为“戴着镣铐的舞蹈”，这些说法都集中体现了小小说的艺术特点，在于以滴水见太阳，以平常映照博大，以最小的篇幅容纳最大的思想，给阅读者认识社会、认识自然、认识他人、认识自我提供另一种可能。

还有非常重要的一点，小小说文体之所以能够迅速崛起，离不开文坛有识之士的推波助澜，离不开广大报刊的倡导规范，离不开编辑家的悉心栽培和评论家的批评关注，也离不开成千上万作家们的辛勤耕耘和至少两代读者的喜爱与支持。正因为有方方面面的共同努力形成“合力”，小小说才得以在夹缝中求生存、在逆境中谋发展。

特别是2005年以来，小小说领域举办了很多有影响力的活动，出版了不少“两个效益”俱佳的图书，也推出了一批有代表性的作家和标志性的作品。今年3月初，中国作家协会出台了最新修订的《鲁迅文学奖评奖条例》，正式明确小小说文体将以文集的形式纳入第五届鲁迅文学奖短篇小说奖的评奖。而且更有一件值得我们为小小说兴旺发展前景期待的事：在迅速崛起的新媒体业态中，小小说已开始在“手机阅读”的洪潮中担当着极为重要的“源头活水”，这一点的未来景况也许我们谁也无法想象出来。总之，小小说的前景充满了光耀。

在这样的历史背景下，《中国小小说名家档案》的出版就显得别有意义。这套书阵容强大，内容丰富，风格多样，由100个当代小小说作家一人一册的单行本组成，不愧为一个以“打造文体、推崇作家、推出精品”为宗旨的小小说系统工程。我相信它的出版对于激励小小说作家的创作，推动小小说创作的进步；对于促进小小说文体的推广和传播，引导小小说作家、作品走向市场；对于丰富广大文学读者特别是青少年读者的人文精神世界，提升文学素养，提高写作能力；对于进一步繁荣社会主义文化市场，弘扬社会主义先进文化有着不可估量的积极作用。

最后，希望通过广大作家、编辑家、评论家和出版家的不断努力，中国文坛能出更多的小小说名家、大家，出更多的小小说经典作品，出更多受市场欢迎的小小说作品集。让我们一起期待一种文体和一个作家群体的崛起！

中国作家协会党组成员、书记处书记
中国作家协会副主席
中国作家出版集团管委会主任
何建明

目　录

作品荟萃

作品评论

创作心得

创作年表

请求支援

你决定成为一名剑客，行走江湖。你认为时机恰好。

你的剑叫做残阳剑。这柄剑威力强劲，你可以同时斩掉十五名顶尖高手的头颅。你的独门暗器叫做天女针。你面对围攻，只需轻轻按下暗簧，即刻会有数不清的细小钢针射向敌手，状如天女散花。天女针一次可以杀敌八十，中针者天下无解。

靠着残阳剑和天女针，你打败了飞天燕，杀掉了钻地鼠，废掉了鬼见愁的武功。他们全是江湖上一顶一的高手，他们全是杀人不眨眼的黑道魔头。从此你声名大振，投奔者众。

现在你拥有一支军队，占有一座城池。你的军队勇士五千，良驹八百；你的城池繁华昌盛，鸡犬相闻。

你不停地和道上的兄弟签署着攻守同盟。你还和神枪张三、铁拳李四、一招鲜王刀结拜成兄弟。你们肝胆相照，荣辱与共。不求同日生，但求同日死。

所有的一切都是那么美好。你招兵买马，筑固城池。似乎四分五裂的天下不久之后就将统一，你将成为万人瞩目的头领或者君王，你将拥有无涯江山，无尽财富，无穷权力，无数美女。你沉浸在难以抑制的兴奋之中，你常常会在梦里笑出了声。

可是，鬼见愁突然杀了回来。

其实那天你并没有完全废掉他的武功。那天你有了小的疏忽。鬼见愁凭着多年的武功造化医好了自己，又用三年时间练就了一门邪道武功。现在他率精兵五万，包围了你的城池。

敌十倍于你，你并不害怕。因为你的勇士们个个以一当十。

你的五千勇士扑出了城。你试图将鬼见愁的五万精兵一举歼灭。你甚至想晚上就可以用鬼见愁的脑袋做成一个马桶。可是你很快发现自己犯下一个错误。——鬼见愁的五万精兵，完全以死相拼。他们踏着同伴的尸体往前冲，极度疯狂。你砍断他的矛，他会用拳头打你；你砍断他的胳膊，他会扑上来撕咬你的咽喉；你砍断他的脖子，他还会在倒下去的一刹那，用脚踢一下你的屁股。尽管你的五千勇士个个骁勇善战，可是最后，他们不得不退了回来。

五千勇士，只剩三百。

鬼见愁精兵五万，尚有八千。

你关了城门，开始求援。

你给神枪张三飞鸽传书，让他速来救你。几天后你得到消息，神枪张三早被一无名剑客杀于某个客栈。

你千里传音给铁拳李四，让他速来救你。铁拳李四回话说，现在我也被围，自身难保，如何救你？

你在城墙上放起求援的烟火，这烟火只有一招鲜王刀才能看懂。一会儿王刀放烟火回答你，他说，我正在攻城掠池，无暇管你。你好自为之。

无奈之下，你计划弃城。你已经管不了城里百姓的死活。现在你只想自己逃命。

夜里你率剩下的三百勇士突围。那是一场惨烈的战争。你挥舞你的残阳剑斩下无数头颅。你的天女针霎间消灭掉鬼见愁八十名贴身保镖。可是当你抬头，你突然无奈地发现，现在，你只剩下一名勇士，而鬼见愁，尚有精兵一百。

你的天女针已经射完最后一根钢针。现在它成了废物。

你的残阳剑已经卷刃并且折断。现在它不如一把菜刀。

你和最后一名勇士逃回了城。鬼见愁甩手一镖，你的勇士就倒下了。倒下前他为你紧闭了城门。他忠心耿耿。

鬼见愁将城围起，不打不攻。他想将你折磨致死。

其实鬼见愁只剩士兵一百。你只需再有一把残阳剑，再有一管天女针，就可将他们全部消灭。可是现在你没有了武器，也没有了士兵，更没有了兄弟和朋友。你呼天天不响，叫地地不应。

等待你的，只有死路一条。

最后一刻，你终于想起了你妈。

你向你妈求援。

你妈六十多岁。

你妈是一位农民。

你妈连鸡都不敢杀。

你给你妈打电话，你说学校又要收学费了，五百块。你妈说，好。我马上照办。

你命令不了别人。你可以命令你妈。

你用这五百块钱给你的游戏卡充值。你重新为自己装备了残阳剑和天女针。你单枪匹马冲出城外，将鬼见愁和他的精兵杀个精光。

你保全了自家性命。你还可以行走江湖，招兵买马。

即使在虚似世界里，最后一位给你支援的，也肯定是你妈。

江南好

江南好。江南有桑。

桑有纤弱的身子，纤长的颈，纤秀的臂，纤美的足。桑住在小镇，小镇依河而建，小河匍匐逶迤。黄昏时桑提着白裙，踏过长长的石阶。黄昏的河水是粉色的，河面上似乎洒了少女的胭脂。桑慵倦的倒影在河水里轻轻飘摇，桑顾影怀思。

也躲进闺房写字。连毛笔都是纤细的。桑写，江南好，风景旧曾谙……两只鸟歇落树上，悠然地梳理羽毛。桑扔掉笔，趴到窗口，就不动了。桑常常独自发呆，然后，红了唇，红了脸，红了眼圈，红了窗外风景。

桑在一个清晨离开小镇，离开温润的江南水乡。一列小船推开薄雾，飘向河的下游。那天桑披着盖头，穿着大红的衣裙。唢呐呜哇呜哇扯开嗓子，两岸挤满着看热闹的人群。人群兴奋并且失落——那么婉约多情的桑，竟然嫁到了北方。

桑跳下船，掀掉盖头。桑上火车，泪眼婆娑。桑坐上汽车，表情渐渐平静。桑走下汽车，盖头重新披上。唢呐再一次呜哇呜哇地响起，这是北方的唢呐。花轿颤起来了，桑的心一点一点地下沉。

从此桑没有再回江南。却不断有银钱、粮食、药材和绸缎从北方运来。那本是江南的绸缎。江南的绸缎绕一个圈子，终又重回江南。

桑离开江南一个月，有男人来到小镇。他跳下船，提了衫角，拾级而上。他有俊朗的面孔和隼般的眼神，他有修长的身材和儒雅的微笑。他坐在小院，与桑的父母小声说话。片刻后他抱抱拳，微笑着告辞。他跳上船，船轻轻地晃。他盯着胭脂般的河水，目光被河水击碎。他叹一口气，到船头默默坐下。他静止成一尊木雕，夕阳落上长衫，每一根纤维却又闪烁出迷人的红。

桑住着北方的宅院，神情落寞。当然也笑，笑纹一闪而过，像夜的惊鸟。有时喝下一点点酒，红酒或者花雕，眼神就有了迷离缤纷的色彩。然后，桑将自己关进房间，开始写字。她写，江南好。纸揉成团，又取另一张纸。再写，江南好。再揉成团，再取另一张纸。突然她推开窗户，看午栖的鸟。她开始长久地发呆，红了唇，红了脸，红了眼圈，红了宅内风景。

老爷说，想家的话，回去看看吧。桑说，不用了。老爷说，总写这三个字，料你是想家了。桑浅笑不语。笔蘸着浓墨，手腕轻转。三个字跌落纸上，桑只看一眼，便揉成团。旁边堆起纸山，老爷摇摇头，满脸无奈。

男人在某个深夜潜入大宅。仍然身材修长，仍然一袭长衫。他提一把匣子枪，从墙头轻轻跃下。他悄悄绕过一棵槐树，就发现自己中了埋伏。他甩手两枪，两个黑衣人应声倒下。他闪转腾挪，似一只凶猛矫健的豹子。后来他打光了子弹，再后来他中了一枪。子弹从下巴钻进去，从后颈穿出来。子弹拖着血丝，镶进宅院的土墙。男人轻呼一声，缓缓倒下。月似银盘，男人俊朗的面孔在月光中微笑。

桑倚窗而立。从第一声枪响，桑就倚窗而立。她只看到了墙角的毛竹，她只听到了密集的枪声。枪声戛然而止，她就知道，一切都结束了。她趿了鞋，推开门，走进宅院的深处。她看一眼男人，闭了眼；再看一眼男人，再闭了眼。她的手轻轻滑过男人的后颈，男人的微笑在她的眸子里凝固成永恒。她站起来，往回走。她走得很慢，脚步声充满悲伤。

第二天桑死去了。她的身上没有任何伤痕，她的饮食和以往完全一样。一切都是那般蹊跷，诡秘万分。老爷请来大夫，两天后大夫得出结论。他说她想死，于是就死了。一个人悲伤到极致，一个人想死到极致，就会死去。这没什么奇怪，所有人都是这样。

桑留了遗书。一张宣纸，三个字：江南好。

人们就说，桑是太想家了。

只有死去的男人，明晓桑的意思。

因为他的名字，叫做江南。

帘卷西风

紫的旗袍裹紧狐的腰身，狐更加神秘和妩媚。狐住在逼仄的后院，背阴的西厢，日间只有正午才有一缕阳光洒进院子。即使在夏天，狐也会坐在椅子上，坐在阳光里，身体尽可能打开。狐淡蓝色的血管在闪着釉光的皮肤下若隐若现，狐淡褐色的眼波永远像清澈的水潭。狐的脸光洁细腻，狐的唇娇艳欲滴。那美是惊艳的，脱俗的，倾国倾城的，无人可及的。狐应该属于月宫。

上午狐和太太们打牌。她们聊着天，喝着茶，嗑着瓜子，时光像香炉散起的青烟，飘渺，轻淡，一丝丝一缕缕，看得见，却抓不住。大太太打出幺鸡，三太太碰，纤纤玉指拈出一张七万，二太太就胡了。兴奋的二太太把姐妹们的牌翻过来看，愣了愣，又捂着嘴笑。她说四妹该你胡啊。她的话将狐的目光从远方拉回，狐笑笑说，刚才没看到。——狐的牌打得极好，却不露锋芒。

大多时俞老爷侧卧在床，两眼微眯。室内氤氲着鸦片的幽香，空中流动着稀薄的淡蓝色烟雾。俞老爷抽完烟，哑着嗓子喊，来一个。便有一位太太起身进屋，给俞老爷按摩捶背。俞老爷喜欢在按摩捶背中睡去。睡去，太太们就悄悄离开。狐很少起身，她知道俞老爷舍不得娇嫩孱弱的自己。

午后的后院安静倦怠。狐仍然穿着那件紫色旗袍，却卸了妆。天生丽质的狐根本不用化妆，她化妆，只是让众太太心里舒服一些。她或坐或站，抱一只猫，隔一道木珠门帘，静静地往院子里看。院子里有花，有草，有石凳和石桌，有假山和苔藓，有树和知了，有井栏和水井。狐的目光抚过井栏，那井栏于是更加光滑。这时他就来了，打着赤膊，担着水桶，胸膛上凸起方形的肌肉。他将一只水桶挂上勾，轻摇辘轳，桶就慢慢沉到井底。他吹着口哨，表情轻松地摇上打满水的木桶，然后再将另一只桶放下水井。他肯定知道狐在看他吧？不然他的嘴角，为何挂了诡异的笑容？

每个午后，他都要过来挑十五担水。十五担水送进厨房，一天的工作随之结束。他是俞老爷新雇的短工——厨房的人手，近来总是不够。

狐当然可以走出屋子，看他把两只木桶打满，看他颤起光滑润泽的扁担，看他胳膊上隆起的肌肉和宽阔结实的后背。可是狐不敢。狐不是胆小，狐知道，假如她这样做了，带给她和他的，将极有可能是一场灾难。

哪怕她只是看他一眼。哪怕他只是对她一笑。俞府有无数个眼线。丫环，家丁，长工，厨子，羊倌，管家，大太太，二太太，三太太，大少爷，二少爷，三少爷……甚至俞老爷本人。俞府有明的规矩和暗的规矩。俞府所有的规矩都神圣不可侵犯。

微风扯动珠帘，狐的表情也随之扯动。谁说不能相见才可以相思？现在她看着他，思念却深彻骨髓。每天都是如此，狐躲在珠帘后面，看他往返十五次。厨房距离水井很近，这让狐深为遗憾。狐知道每一次见他都可能是最后一次。狐的眼睛，似多情并且贪婪的手。

终有一天，他没有来；第二天，依然没来。狐的日子于是回归从前，在午后，慵倦的她斜倚床畔，目光掠过爬满青藤的井栏。突然她坐起来，身体因激动而颤栗。——她在井栏上看到了阳光。季节更替，午后的院子，竟也有阳光！并且这阳光，竟也慷慨地赏给井栏。

几天后狐受了伤。狐说是猫抓的。正睡着午觉，那只猫突然发疯，刀锋般的趾甲深深划开狐娇嫩的脸上肌肤。狐的脸，似结了一张马虎的蛛网。

大夫给她开药，嘱咐她千万按时喝。她说好。然后，过了半个月，脸再一次受伤。仍然是重伤。仍然是猫闯下的祸。伤口堆上上次的伤口，蛛网盖上上次的蛛网。狐的脸狰狞可怖，五官几乎扭曲。大夫摇摇头，对俞老爷说，四太太怕是破相了。

是真的。狐从此变得丑陋。变得丑陋的狐，于自己，便有了一些权利。——美貌是狐的天堂和地狱，幸福和悲哀。

半年后狐离开俞府。也许对狐来说，这是唯一的归宿。

一年后有人告诉俞老爷，说在邻县见到了狐。狐和那个挑水的住在一起，夫妻俩恩爱有加。狐似乎黑了，漂亮了，眼角长出笑纹。

俞老爷思索良久，长叹一声，为一个挑水的，宁愿牺牲女人的美貌，这样的女人，随她去吧！弓缩了身子，从旁边拾起烟枪，一口一口慢慢地吞……

无奈酒阑时

春夜雨霏霏，打湿怡春院朦胧的灯火。

糖儿的目光也是湿的，两手轻抚米东粗糙的脸颊。米东问宏掌柜是赎吗？糖儿说，也可能，娶了。红烛燃得正旺，糖儿白皙的手几乎可以透过烛光。远处传来钟声，时间没有因下雨放慢脚步，没有为糖儿和米东放慢脚步。糖儿起身，默默取了竹盘里的点心递给米东。点心塞满米东的嘴，却并不咽下去。他的腮帮子凸起很高，阻挡了两滴试图落下的泪水。

米东一天没有吃饭。他用所有的钱换取糖儿的一夜。那些钱他攒了半年，他认为很值。上次与糖儿相见，还是半年以前。他与糖儿，一见钟情。有些人就是这样，刚认识，却感觉相识百年；刚分手，又感觉离别百年。

因为有了糖儿，怡春院变得妩媚并且纯洁，美好并且高贵。太多男人想为她一掷千金，这是能够见到她的唯一办法。可是糖儿太高贵了。因为高贵，便有了选择的权力。——她不能够走出怡春院，却能够选择男人。——可以进出糖儿房间的男人并不多。

那夜米东和糖儿坐到天明。雨一直下，不大，也不止。天明时米东说他不相信富甲一方的宏掌柜会为你赎身。就走了。走得很快。很远。淋着雨，长发披散。片刻后宏掌柜出现在怡春院门前，没有打伞，红色的长袍似一朵盛开的花。五个下人挑来五担银钱，哗哗哗哗哗，齐齐倒在门前，怡春院即刻银光闪闪。又有人从车上卸下一匹匹绸缎，喊着号子搬进怡春院，怡春院宽敞豪华的大堂于是被细腻光洁的绸缎塞满。还没完。后生们扛着几个箱子上楼，打开，鸨母的眼睛就直了。里面全都是价值连城的珠宝，见所未见，闻所未闻。

这些东西，买十个糖儿都够了，何况被宏掌柜看上的东西根本不用付钱。——鸨母没有不同意的道理。

面若桃花的糖儿款款而下，提一只小巧的檀木箱。宏掌柜问可以走了吗？糖儿浅笑着点头。宏掌柜冲门口击一下掌，唢呐就响起来了。几位女人上前，帮糖儿换了衣服，又有八人抬大轿停在门口，轿帘上绣着吉祥华丽的图案。那天镇上的鞭炮响了整整一天。那天镇上的酒店全部白吃白喝——宏掌柜早就排好了银两。

这让人怀疑宏掌柜一下子娶走王母娘娘的七个女儿。事实上他不过娶了一位妓女——尽管她叫糖儿，尽管她闭月羞花高雅高贵——她还是妓女。

宏掌柜娶走糖儿，怡春院就此关门。鸨母赚够一百年才能够赚到的钱，她没有继续拼命的理由。再说，没有糖儿的怡春院，能叫怡春院么？

糖儿和宏掌柜从此过起快乐富足的日子。所有人都唤她宏太太而不是糖儿。后来，糖儿也唤自己宏太太。

有时糖儿对宏掌柜说，我想米东了。宏掌柜笑笑说，请他来吃饭吧！糖儿说，别，不方便。宏掌柜不听她的，派人去找，却找不到，事情就放下了。过些日子，糖儿又说，我又想米东了。宏掌柜说，请他来吃饭吧！再派人去找，仍然找不到。似乎米东从世界上消失了。也许他真的消失了。那个米东，每一天都可能饿死。

似乎日子就将这样延续下去，无休无止。可是突然有一天，官差闯进了宏府。

官差闯进宏府，糖儿不知道为什么。或许宏掌柜也不知道，或许官差们也不知道。总之一夜间，宏府的所有财产被没收，所有人被投进监狱。又过了几个月，所有人都知道，他们将被发配边疆。包括宏掌柜。包括糖儿。

二十余人从镇上出发，行走几百里以后，活者不足十人。再行走几百里，便只剩下糖儿和宏掌柜。那是真正的地狱之行。发配的另一个意思是，半路上折磨致死。

可是米东出现了。

米东出现了，提一个小口袋，胡须飞扬。他把口袋扔到差人面前，说，换两条命。差人看看口袋，就笑了。不但他们笑，宏掌柜和糖儿也笑——对他们来说，这点钱只能换一只喂猫的瘦鸟。米东重复，换两条命。差人们商量片刻说，一条。米东说，两条！差人们说，再还价连你一块砍了。米东看着糖儿，糖儿看着宏掌柜，宏掌柜看着官差。宏掌柜说，换糖儿吧！糖儿说，不要！就哭了。

那一袋钱，终换走了糖儿。两天以后，宏掌柜死在发配途中。

米东用三十年的时间攒了一袋银钱。他要去怡春院赎出糖儿，他认为那些钱足够了。他不相信糖儿会被娶走，就像他不相信糖儿也会老去。可是糖儿已经老去。一起老去的还有米东。上一次相见，两个人都是二十岁。三十年光阴已过，两个人身体佝偻如弓，皱纹堆积如山。

他们住进深山，日出而作，日落而息。糖儿常常对米东说，我想宏掌柜了。米东说，去他走的地方看看他吧。糖儿说，太远，不方便。事情就放下了。过些日子，糖儿又说，我想宏掌柜了。米东再说我们去看看他吧。糖儿说，不要，不方便……

就这样又过三十年。八十岁那年，糖儿和米东，在同一天，无疾而终。

毛毛熊

男人坐在候车室的长条椅上，呆滞的目光瞅着脚边一个鼓囊囊的旅行包。他在等待一天中唯一的一班过路车。其实男人十天前就应该离开这个地方，但当妻子要求他和她一起回去时，他说，让我再静静待几天吧。

老人什么时候进来的，他没有察觉。他看到他们时，老人正领着一个三四岁的男孩站在他面前。看得出老人很累，流着汗，弯着腰，握拳轻轻捶着自己的大腿。他向旁边挪了挪，指着腾出来的空位。“您坐。”他说。

老人朝他笑笑，坐下。她把男孩放到自己腿上，眼睛看着窗外。

“奶奶……”“嗯。”“妈妈是不是不要咱们了?”“嗯。”“她为什么不要咱们了?”“她做得对。你不懂……”“我不懂，你快告诉我。”“长大了，你就知道了。”

“奶奶……”“嗯。”“爸爸呢?”“爸爸走了。”“我知道他走了。我们是不是要去看他?”“不。我们要去亲戚家。”“以前的家呢?”“我们不再回去了。”“我们为什么不去看爸爸?”“因为爸爸走了。”“我知道他走了，我们为什么不去找他?”“你不懂……”“我不懂，你快告诉我。”“长大了，你就知道了。”

“奶奶……”“嗯。”“我什么时候长大?”“很快。”“我想妈妈。”“嗯。”“我更想爸爸。他说要给我买一只毛毛熊。”“嗯。”“我想看爸爸的照片。”“等到了亲戚家再看。”“不，我现在要看。”“你怎么不听话?”“我就想看看爸爸的照片……”“信不信我揍你?”“好。我先看。看完了，你再揍我。”

男人静静地听着一老一小的对话。本来他不想插话，但男孩的最后一句话让他心酸。他把身子斜了斜，朝向老人，“就给他看看吧!”他说，

“这么小的孩子，这么想他爸爸。”

老人叹口气，从随身携带的帆布包里拿出一个信封，又从里面抽出一张照片，递到男孩面前。“快点儿看！”老人的眼睛环顾四周，样子有些紧张。

男人愣住了。他死死地盯着照片上的男人，直到老人把照片重新装进信封。

“他是不是，叫高畋？”男人问。

“是的。”老人不安地说。她飞快把脸转向另一侧，盯着窗台上的一盆云竹。

“您告诉我，”男人从口袋里掏出一张报纸，抖开，指着上面的一张照片问她：“这是他吗？”男人的胸膛开始剧烈地起伏，仿佛有人在里面拉一个巨大的风箱。

“是的。”老人看了他一眼，再一次飞快地把脸转向那盆云竹。

男人盯着老人，一时竟不知说什么好。他的胸膛有节奏地起伏，却挤出不均匀的呼吸。男人站起来，又坐下，他重新把报纸抖开，盯着上面那个已经死去的男人。

……一个月前的一天，这个叫高畋的男人闯进了镇上的储蓄所。他带着一把刀子，身上绑满了炸药。他没有抢到钱，却被很多警察追赶。男人慌乱之中跑向附近的一座小山，并躲进半山腰一个废弃的有着两间屋子的看林房。荷枪实弹的警察很快将他包围，男人看逃走无望，就引爆了身上的炸药。

恐惧并绝望的男人并没有发现，在一墙之隔的另一间屋子里，正躲着一群瑟瑟发抖的人。那是八个来这里旅游的小学生和一位青年老师，那天他们来爬这座山，累了，进到看林房休息。然后他们听到有人闯进另一间屋子。再然后，房子被炸上了天。

八个小学生，当场炸死两个。十几天后，在医院里，又死了一个。据幸存的青年教师回忆，那个男人并没有发现他们……

男人朝老人张张嘴，却什么也没说。

男孩再一次缠起老人，“我还想看爸爸的照片。”他说。

老人终于火了。“信不信我揍你?”她在男孩的屁股上重重打了一巴掌。

男孩大哭起来，“我要看爸爸！你为什么不让我看爸爸?”“跟你说过爸爸走了！”“我知道他走了，他去哪儿了?”“信不信我再打你一巴掌?”“你打！你打！爸爸说过要给我买一只毛毛熊的！他不会扔下我走的！”“你想知道爸爸是怎么走的吗？你想知道是不是?”老人的眼泪终于淌下来，“好！我告诉你！”

“你不要这样！”男人急急地阻止老人。他低下身子，看着男孩，“爸爸刚才还在，和我在一起。不过你来之前，他坐上汽车走了。他得赶着去挣钱，给你买更多玩具。过些日子，他还会回来找你。毛毛熊他给你买了，让我捎给你。”男人打开那个鼓囊囊的旅行包，从里面拿出一只很大的毛毛熊，递给男孩。“你看，是不是?”

毕竟是小孩子。男孩看到毛毛熊，就乐了：“我就知道奶奶在骗我！我就知道爸爸不会忘了我！”

老人不安起来。“这个，值很多钱吧?”她指着毛毛熊问。

“没事。我买给孩子的。他早想要一只毛毛熊，一直没给他买。后来他……病了，就给他买了一只，让他日夜抱着。想不到医生没能……把他救活。现在他不需要了……”男人强忍着泪，泪却还是滴下来。

老人重重地叹口气。“什么病?”她问。

一辆汽车在候车室门口停下来，正是男人等的那一班。男人站起来，拿起瘪瘪的旅行包，朝门口走。走了几步，他停下来，转过头，对老人说：

“他没得病。假期来旅游，死在这儿了。是被炸死的。在半山腰的守林房。”

桃花乱

人间四月芳菲尽，山寺桃花始盛开。

这里没有山寺。这里只有桃源。

桃源只是村子，散落漫野桃花之间，就像浅红的宣纸上滴落的几点淡墨。姑娘低首垂眉，羞立于一片桃红之间，人面红比桃花。其时，一翩翩少年手提长衫，与姑娘相视而笑。少年说，又一年了。姑娘说，又是一年。少年说，你一点儿没变。姑娘说，你也是。少年说，一会儿，我就得走。姑娘说，知道。姑娘淡绿色的罗衫在微风中轻轻飘舞，缤纷的花瓣很快迷住她的眼睛。少年英俊魁梧，玉树临风。脸庞如同刀削，长衫好比旗帜。

是他们第二次相约。第一次，也是这片桃林。少年持一把纸扇，对红吟诗，姑娘就笑了，忙拿手去掩，那手，却白皙得几近透明。乍暖还寒，怎用得上纸扇？少年装模作样，少年是装模作样的书生。

就这样相识，就像崔护在长安南郊的那段往事。少年知道那段往事，他也希望给自己留下佳话。于是他为姑娘留下纸扇，又偷偷带走姑娘的芳心。

第二次相约，少年仍然一袭长衫，只是手中不见纸扇。正是日落时分，纷乱桃花之中，他与姑娘的脸，近在咫尺却又远在天涯。春意盈然，到处都是踏青的行人，阳光如同流淌的金子，空气好像弥散开来的蜜。少年问，明年我还来么？姑娘侧过身子，袖子掩住了嘴。桃花人人可赏，公子为何不来？说完，扭身走向桃林深处。她的身子很快掩进一片桃红之间，少年的目光于是变得痴迷凌乱，做一个打扇动作，却忘记手中已无纸扇。

第三年，第四年，少年依然来此赏花，姑娘依然到此守候；第五年，第六年，少年依然一袭白衫，姑娘依然一抹长裙；第七年，第八年，少年的目光焦灼不安，姑娘的表情起伏难定；第九年，第十年，少年一点儿点儿老去，棱角分明的下巴上长满胡须；姑娘也不再年轻，脑后甚至绾发成髻。两个人隔着纷乱的桃花，相视而笑。

少年说，又一年了。姑娘说，又是一年。少年说，你好像瘦了。姑娘说，你有点儿老了。少年说，一会儿，我就得走。姑娘说，知道。姑娘淡绿色的罗衫在微风中轻轻飘舞，缤纷的花瓣悄悄迷住她的眼睛。忙抬手去擦，那双手仍然白得几近透明。姑娘娇小玲珑，婀娜妩媚。红唇好似花瓣，身段如同柳枝。

少年问，明年我还来么？

姑娘回答，桃花人人可赏，公子为何不来？

少年说，不，我不来了。少年久久地低下头，看一地乱红纷杂。他说今天，我想取回我的纸扇。

姑娘愣怔，娇小的身子扶了桃树，整个人轻轻地晃。少年跨前一步，却咬咬牙，不动。我想取回我的纸扇，他说，十年光阴，纵是纸扇也可以老去。

没有纸扇了。姑娘说，纸扇被姐姐带进了宫。

纸扇被带进了宫？少年吃了一惊。

是的。姐姐被皇上招了妃子……她什么都没有带走，惟独带走那把纸扇……其实她不喜欢进宫……她被招了妃子，是爹的主意……

可是怎么会是姐姐……

因为我是妹妹。姑娘笑笑说，事实上，第一次与你在桃林中邂逅的人就不是我，而是我的姐姐；你的纸扇也并非给了我，而是我的姐姐；你一直等候的人，更不是我，而是我的姐姐……

你为什么一直不肯告诉我？

因为你没把我认出来……我和姐姐长得并不像，可是你还是没有把我认出来。我在想，你痴迷的究竟是谁？是人，是桃花，还是心境？第一次，你竟连她的模样，都没有记清……

因为没有第一次。少年苦笑，扶住一棵桃树，没有第一次，我与你的相约，其实只有九年。

可是明明是十年……

不，是九年。少年说，十年前你的姐姐在桃林中邂逅的人并不是我，而是我的哥哥。

这怎么可能？姑娘的身子开始轻轻地晃。

是的，是我的哥哥。他在赶考途中突发急病，客死他乡。临死前他嘱人告诉我，来年春天，一定要去桃林讨回他的纸扇，如果有可能，将他的死讯也告诉她……他知道那姑娘喜欢他，他不想让姑娘等他……

可是你没有告诉我……

我怕你伤心……我以为你就是她……更可怕的是，我发现自己喜欢上你……

可是你从来没有说过你喜欢我……

因为哥哥喜欢你。因为我认为，你喜欢的人，一直是我的哥哥……

所以你把这个秘密隐瞒了九年？

你也是。

两个人默默相对，不再说话。春意盈然，到处都是踏青的行人，阳光如同流淌的金子，空气好似流淌的蜜。少年跨前一步，盯着姑娘毛茸茸的眼睛，说，两个亡去的人，竟让我们浪费掉整整九年。姑娘微微一笑，从一片桃花中闪出，说，如果没有他们，我们也许会浪费掉一辈子。姑娘收首垂眉，羞立于一片桃红之间，人面红比桃花。少年手提长衫，再跨前一步，与姑娘相视而笑。其时，空中飘起绵绵春雨，很快打湿两个人的衣衫，以及眼睛。

桃花乱，乱人心。雨中草色绿堪染，水上桃花红欲然。

战　壕

一开始没有战壕，那里只是广袤空寂的戈壁。戈壁上散落着两排房子，国界线从中间划开，戈壁被分成不均等的两块。可是两排房子距离如此之近，你可以清晰地听得到对方的交谈甚至咳嗽。

每一天他都无所事事。他躺在沙地上，看昏黄的天空，把枪胡乱地丢在一边。那边有人吹起口琴，曲子被黄风刮得支离破碎，却将他的两只耳朵灌满。坐起来，看到吹琴的士兵了，有着和他一样魁梧的身材，一样粗壮的胳膊，一样忧郁的表情，一样无所适从的青春岁月。

甚至，就连他们的五官，都是那般相像。他们就像兄弟，他想，如果两个人站在一起，除去军装，即使最挑剔的人，也会把他们当成兄弟。

一曲终了，对方抬起头，雾濛濛的眼睛打量着他。他笑笑，翘起大拇指。对方也笑，脸上有了拘谨和羞涩。连他们的性格都有几分相似吧？入伍以前，他也是那样腼腆和木讷。

两群兵，守在国境线上，守着自己的国家。更多时候，他们感觉对方就是他们的战友。根本不需要交谈，他们完全可以用动作和眼神彼此交流。

可是形势陡然紧张。他们在梦里被野蛮的长官喊醒，每个人分到一只铁锹，在房子前面挖起战壕。他们不知道发生了什么事情，他们只知道服从。战壕挖得很深，沙袋垒起射击孔，射击孔里塞上枪管，兵们各就各位，似乎大战近在眼前。他直起身子，看着对面，看着近在咫尺的对方战壕。这样的距离也许根本用不到机枪步枪冲锋枪，只需一根长矛，就可以将对方刺杀。

可是戈壁滩上依然平静。有时兵们爬出站壕，坐在沙地上打牌抽烟，将一泡长长的尿液射向天空。那个年轻的士兵仍然喜欢在黄昏里吹起口琴，琴声让他泪流满面。他喜欢那个士兵，他们常常相视而笑，他认为他和士兵，已经成了戈壁滩上的朋友。

夜里他们再一次被长官的皮靴踹醒。他们睡眼朦胧，把地雷密密匝匝地排在战壕前面狭窄的空地。那是极为奇异的一幕，以国境线为界，他们把地雷埋在这边，对方把地雷埋在那边。完全不避人，双方的士兵甚至碰了肘弯或者踩了脚趾。那里是如此逼仄，地雷们塞进去，就像将一颗颗土豆塞进空间很小的纸箱。长官说这是为了防止对方步兵的突然攻击，他不信。如果真要攻击，这些地雷有什么用呢？士兵们只需先助跑，然后一个鱼跃……

他们真的在虚张声势。有人告诉他，真正的工事在他们身后十公里处，那里聚集着几个营的兵力，他们是真正的王牌军，战场上鲜遇对手。那里战壕连成了片，那里有地对空炮火和反坦克火箭炮。那是一处保垒，坚不可摧。而他们所做的一切，只是将对方麻痹或者欺骗。当战争爆发，他们只需要撤退或者被对方击毙。

或许对方所做的一切也是如此用意吧？他想肯定是这样。

似乎战争一触即发。在夜里，他们搂一杆枪，挤睡在寒冷的战壕。白天时他将头探出去观察，他发现对方也在观察他们。面前如同放了一面巨大的镜子，除了军装不同，一样的动作和表情。

趁长官不在，他和几个兵爬出了战壕。他们坐在沙石上静静地抽烟，感受正午阳光的炽热。他看一眼对方的战壕，他再一次看到那个年轻的兵。兵托着一支枪，正在认真地向他瞄准。他惊呆，恐惧，不敢动，也不能动。后来他强递给对方一个微笑，兵却没有理他。那一刻悲哀和绝望涌上心头，那一刻他想起远在家乡的母亲。然而那支枪，终于没有响起。他看到枪口稍稍移动，瞄准另一个兵的头颅。然后，再移动，再瞄准。托枪的兵就像一尊活动的雕像，身体，还有表情。

他们再也不敢爬出战壕。每个人的精神高度紧张，几近崩溃。每天他们都在盼望战争。只要战端一开，他们就将撤走，或者死去。

战争终没有打响。长官突然告诉他们所有戒备彻底解除。长官说这是政治的胜利——战争拼国力，政治拼骗术——我们的骗术，高过对方一筹。

战壕失去作用。长官说，如果喜欢，你们可以在里面栽一排树。

生活再一次变得无所事事，黄昏时，他仍然喜欢躺在沙地上，看血红色的天空。然而他再也听不到悠扬的琴声，那个年轻的兵，再也不会吹响他的口琴。有时他们对视一眼，又匆匆移开目光，脸上尽是厌恶或者惊吓的表情。似乎他们真的经历过一场大战，似乎，他们变得不共戴天。

我很开心

社长坐在办公室里，一根接一根地抽烟。屋子里烟雾弥漫，烟灰缸里堆起小山。社长叹一口气，起身，推开窗户。窗外夜幕四合，凉风习习，银灰色浅淡的月亮挂上树梢。一阵风吹来，桌子上的杂志翻动页片，窸窣作响。社长再叹一口气，带上门，下楼，瘦削的身体很快隐进夜幕。

他不知道这杂志还有没有继续办下去的必要。他不知道这杂志社还有没有继续撑下去的必要。发行量持续下跌，社长的心，终在今天跌进谷底。

只有两个人的杂志社。一个社长，一个编辑。生存自然是艰难的，何况文学就像浪迹街头无人照料的野狗。挺了一年，又一年，再一年，终是挺不下去了。其实还有希望，只需十万块钱，杂志社就能继续挺过半年。半年以后的事情，谁能说得准呢？可是十万块钱啊！去哪里弄十万块？

十万块，说少不少，说多不多。社长就有十万块钱，薄薄的一张存折，锁在抽屉里好几年。那是多年的积蓄，留作儿子读大学的费用。去年挺不过来时，也曾动过那笔钱的心思，说给妻子听，妻子立即红了眼圈，说，你看着办吧……你考虑清楚。她总是顺着他。她是那种通情达理的女人。对丈夫，对丈夫的事业，她甚至怀了一种溺宠。尽管她知道，这些钱一旦拿出去，就再也不会属于他们。

咬咬牙，他终是没敢动那笔钱。没动那笔钱，杂志社也挺到了今天。可是现在呢？社长再叹一口气，摇摇头，拐进路边的印刷厂。

是一个只有二十多人的福利厂。杂志社的每一期杂志都是在那里印刷的。门卫是一个傻子。极年轻的傻子。他有青春的容颜和花白的头发，单纯的眼睛和呆滞的表情。他只会说两句话。一句“你好”，一句“请登记”。两句话他学了很多年。从没有人听到过他的第三句话。

傻子跑出来开门，跳跃着，怪笑着，流起涎水。他对社长说你好。他对社长说请登记。他带社长走进门卫室，那里只有一张床、一张桌子和一把椅子。傻子不识字，可是桌子上却放了社长的杂志。那当然是社长送给他的。社长想傻子虽然看不懂杂志，可是总能够看得懂封面上的图片。看懂图片就足够了，平常人都不读书的今天，你能要求一个傻子什么呢？

社长常常给傻子讲杂志上的故事。听故事的时候，傻子出奇安静。讲完一段，他冲傻子笑笑，问，听懂了吗？傻子说，你好。他就再讲。又讲完一段，问，好听吗？傻子说，你好，请登记。傻子只会说这两句话。傻子的话含糊不清，却用了力气。社长认为傻子完全听得懂，他看得懂傻子的表情，甚至，他听得懂傻子的腹语。傻子的表情非常满足。口水淌至胸口，笑纹满脸飞舞。傻子说“你好”的时候，就像在说“我听懂了”。傻子说“请登记”的时候，就像在说“真好听”。——他真的看得懂傻子的表情——傻子的表情，满足并且快乐。

厂长不在。等待厂长的时间里，社长再一次给傻子讲起杂志上的故事。那些故事用了作家一个月甚至一年甚至几年的心血，却仅有区区几个读者。故事从社长的心坎里往外掏，语气轻飘飘的，每一字却是重若千钧。傻子静静地听着，嘿嘿地笑。有时候，甚至，他咧起嘴巴，拍起巴掌。傻子的口水汹涌澎湃，他的眼睛灿烂明黄。

厂长的车子开进来了，傻子跑过去开门。社长起身，说，今天就到这里吧！就到这里吧，年轻人，我得走了。

我很开心。傻子说。

你说……什么？社长吓了一跳。

我很开心。傻子说，我很开心，我很开心。

社长愣了足有十秒钟，然后，转身跑上楼梯。他撞开办公室的门，他从办公桌后面拽出厂长，他将厂长一直拽进门卫室。他几乎是拎着厂长进到门卫室的，厂长的身体在他手中飘了起来。他将厂长扔进屋子，摁上椅子，然后，他冲傻子笑笑，说，年轻人，说句话。

我很开心。傻子说，我很开心，我很开心。

厂长几乎从椅子上栽倒。然后，厂长和他一起笑。他们拍拍傻子的肩膀，掐掐傻子的面颊，捶捶傻子的胸膛，又将傻子抱起，扔到地上。傻子从地上爬起来，擦擦嘴巴，快活地看着面前的两位男人，咧开嘴笑。

我很开心。我很开心。我很开心……

社长想现在，他是应该决定一些什么了。他能让一个傻子开口说话，他能让一个傻子开口说出第三句话，他的杂志，还有什么理由不继续挺下去呢？

社长深吸一口气。在夜里，社长说，我很开心。

长凳

乡下的雨比城里的雨大，我这样认为。

逢夏季，逢大雨，雨便把乡村浇得亮晃晃的，呈现一种模糊和扭曲的景致。于是河水暴涨，黄浊，湍急，直冲而下，村人就跑出来，急匆匆的，却不是为了看景，村人没那个雅兴和时间，他们出来，为了捞东西。

总会有可捞的东西。河的上游连着很多村落。河水里飘来垃圾、南瓜、巨木、甚至家具，当然，更多的时候，只会飘来一些碎草。碎草被河边裸露的树根挡住，就有村妇拿了粪叉，捞半天，捆紧，带回家，晒干，可以煮五六碗的稀饭。

方言里，这叫“捞浮”，几乎每一个村人，都干过这事。

宝田与三麻同龄，论辈分，宝田管三麻叫“叔”，但从不叫，亲哥俩似的友谊。那时三麻正跟一条鲢鱼搏斗，三斤多重的鲢鱼自己蹦上岸，三麻扑过去，手一滑，鲢鱼又蹦回到水里。三麻骂，成心逗老子呢你。这时他听到宝田的声音，凳子！

是长凳，放在堂屋，一次可以坐三四人的那种。凳子从上游飘下来，被雨后的阳光照着，闪着木质的暗黄。等凳子靠近，宝田便拿一根粪叉，看准了，猛地向岸边一划。凳子在水中打一个旋儿，飘到叉子不能所及的地方。

宝田急了，凳子，飘了！凳子，飘了！他向着凳子喊，很无助的样子，却并不看三麻。凳子飘出很远，颜色开始暗淡。宝田向回跑，寻着更长的粪叉，或者棍子。三麻正是这个时候，跳下水的。

三麻是村里水性最好的一个，没费多大劲儿，就把凳子救回。他把凳子坐在屁股下，一边哆嗦，一边拿手抚摸。三麻说，多好的凳子啊！

三麻把凳子带回家，三个孩子争抢着坐。一个孩子跛脚，很严重，吃饭时，几乎趴在地上。三麻的女人说，这下好了，这下好了。三麻说，好个屁，那是宝田的凳子。女人便看着他，尽是不满。

宝田常来。他对三麻说，这凳子，是我先看见的。三麻说，是。宝田说，我的叉子，没捅准。三麻看一眼正在凳子上玩得起劲的跛脚儿子，说，是。宝田就不再说话，有时喝一碗三麻家的玉米粥，把嘴巴咂得夸张地响。

有时三麻去找宝田。三麻对宝田女人说，要是我不去捞那个凳子，凳子就冲远了。宝田女人说，知道。三麻对宝田女人说，家里孩子，腿不好。宝田女人说，知道。三麻对宝田女人说，下次再捞浮，如果有凳子，我拼了命也为你家捞一条。宝田女人的嘴就撅起老高。不会那么巧，她说，捞了这么多年，头一次看见你捞到凳子。宝田火了，丢了手中的筷子，大骂他的女人。女人就哭，数落着宝田的窝囊。

凳子就放在三麻家的堂屋。宝田来了，常常坐在上面。一边用手摸着，一边说，多好的凳子啊！

那年，没有为三麻和宝田再下一场大雨。天热得很，三麻的承诺，被太阳烤焦。

第二年夏天，终于下了一场大雨。好像所有的云彩都变成了雨，直接倒在了河里。河水再一次暴涨，更浑浊，更湍急，河面变得更宽。

雨还没有停，三麻就叫上宝田，要去捞浮。宝田说，等雨停了吧，会有凳子吗？三麻说，现在去，会有。

还没到河边，两人就发现河面上飘着一只凳子。尽管影影绰绰，看不确切。三麻说，是凳子吗？宝田说，像。三麻就狂奔起来，奇快，宝田在后面喊，三麻！三麻没有回答，依然狂奔。他跳下了河。

三麻就这样被河水冲走了。宝田还记得，三麻在河水中举起的那条“凳子”，不过是一个窄窄的硬木板。

尸体是在下游很远的地方发现的，三麻被泡得肿胀和惨白，像发过的笋。三麻的女人只看一眼，就昏过去；众人把她叫醒，她再看一眼，再昏过去；众人再把她叫醒，她就疯了。

她把跛脚儿子抓起来，扔到院子里。然后抱着凳子，去找宝田。她对宝田说，别再捞浮了，叫三麻回家吧。宝田嘿嘿笑，像哭。她再说，三麻水性好，但水太凉，别让他下水。宝田再嘿嘿笑，更像哭。她再说，三麻呢？宝田便不再笑了，抹一把泪说，对不住你，婶娘。宝田头一次叫三麻的女人婶娘，三麻女人感觉不是在叫她。

那以后，村人常常听到宝田在夜里，打她的女人。女人的惨叫，传出很远。

有时我回老家，去三麻女人那儿坐坐。那是一个已经六十多岁的女人，我也叫她婶娘。

我问她，婶娘，认识我吗？她说，认识，你是小亮。我问她，婶娘，身体还硬朗吗？她说，还好，什么病也没有。我问她，婶娘，家里日子还好吧？她说，还好。只是，三麻没有坐的地方。

她的家里，其实摆了一圈沙发。那是她的跛脚儿子添置的，他们一直住在一起。

后来我知道，她的家中曾经失火，那条被宝田送回来的凳子，早已化为一把青灰。

她盯着我，她说，三麻没有坐的地方。如此重复，一直到我离开。

小的时候，在雨后，我也常常和大我十几岁的堂哥，跑去捞浮。我们捞到了碎草、葫芦、树枝、油桶、南瓜、竹篓、八仙桌。我们捞到了很多东西，但我们依然贫穷。

小美的歌声

小美的歌声，单调，乏味，尖锐刺耳。临睡前，小美又唱起来了，阿爸，阿爸，阿爸阿爸阿爸……

小美只会唱这一句。她是哑巴。

小美很小的时候，男人教她说话。男人说，阿爸。小美说，阿爸。男人说，苹果。小美说，阿爸。男人说，天安门。小美说，阿爸。男人说，小老鼠。小美说，阿爸。男人就哭起来，嚎啕。男人说，妞妞，你怎么是哑巴啊！斗大的脑袋撞向松软的土墙，墙皮啪啦啦掉。男人的动作把小美逗笑。小美边笑边唱，阿爸，阿爸，阿爸阿爸阿爸……

男人带小美去医院。医生看看小美，说，这孩子是不是傻？男人说不傻，就是不会说话。医生把小美的嘴巴撬开，研究她细细的喉咙；医生拿一堆图片给小美看，表情越来越不耐烦；医生忙了一天，把小美像魔方般拧来拧去。最终医生叹一口气，摇摇头。哑，还傻。医生说，并且不是一般的傻。

小美没有妈妈。她只有阿爸。

男人头大如斗，脖子细长无力，左肩上直接长出左手。男人干不了农活，走路都不稳当。正下着雨，床上挤着接雨的脸盆，嘀嘀答答的水声仿佛可以把时间无限度地定格或者抻长。小美把一只破旧的纸船小心地放进脸盆，两根手指在旁边快速地划水。船仓很快被雨水灌满，小船打着旋儿，慢慢下沉。小美唱，阿爸，阿爸，阿爸阿爸阿爸……

男人说妞妞你别唱了，我好烦。……妞妞你别唱了，要睡觉了。……妞妞你想妈妈吗，你想不想妈妈？……妞妞咱家没粮食了，明天咱俩吃什么？……妞妞快别玩那个纸船了，妞妞快睡觉吧！

男人给小美脱了衣服，盖上被子。被子很快被小美柴棒似的两腿踢开。六岁的小美躺在床上，歪着头，恋恋不舍地盯着那个纸船。男人捏着小美清晰可见的小小肋骨，仿佛稍一用力，那肋骨就会被捏得粉碎。男人不停用袖子擦干滴落在上面的泪滴，却总也擦不干净。男人说撑不下去了妞妞，咱俩撑不下去了。男人又开始嚎啕，声音沙哑高亢，震得眼眶里未及淌出的眼泪，噗噗啪啪地滴落上小美圆圆的脸。

小美盯着纸船，颤颤地笑。小美唱，阿爸，阿爸，阿爸阿爸阿爸……

男人突然站起来。男人说妞妞咱不睡了，我们去看妈妈。男人给小美穿好了衣服，领着小美走向野外。雨下得很大，男人感觉小美使劲攥着他的手。小美的手，轻轻地抖。

男人按下小美的头，逼她给一座孤坟磕了三个响头。野地里积了很深的黄浊的雨水，呛得小美不停地咳嗽。男人说妞妞咱们也走吧。小美瞪着眼睛，不解地看他。男人从身上撕下一绺布条，蒙上小美的眼睛。小美再一次咯咯地笑了。她认为这是一个有趣的游戏。

男人牵着小美，慢慢走向远方。他们走了很久，来到悬崖边上。男人解开蒙住小美眼睛的布条，他看到小美兴奋的表情。男人说妞妞我们跳下去吧！小美说，阿爸。男人牵着小美往前走，一步步接近天空。男人说妞妞你怕死吗？小美说，阿爸，阿爸。男人抹一把脸上的雨水，拉着小美继续往前走。突然小美停下脚步，身子缩成一团。男人说妞妞你再往前走一步。就一步。男人似一匹即死的兽，表情狰狞恐怖。小美猛然挣脱了男人，转身就跑。男人愣一下，想追上去，身体却突然急速下陷。仿佛脚下正颤动着一条深不可测的长着利齿的裂缝，男人感觉自己，被一点一点地咀嚼和吞噬。

……男人醒来的时候，看到围住他的村人和小美。村人说，你晕过去的地方，周围全是密麻麻的狼蹄印儿。村人说，你躺在一个小水洼里，是小美一直抬高着你的大头，不然你早灌死了。村人说，你腿上划了一条很长的口子，流了很多血，是小美给你包扎的。村人说，我们找到你的时候，小美已经守了你一天一夜。她不停地唱歌。她的歌吓跑了野狼，却唤来了我们，又唤醒了你……

男人盯看自己的腿。那个曾经蒙住小美眼睛的布条，此时，正稳稳地缠着他的伤口。

男人闭上眼睛。他不想让泪水涌出。男人说妞妞，再给我唱个歌吧！

小美就唱起来，阿爸，阿爸，阿爸阿爸阿爸……

请她来吃顿饭吧

老家伙住在市郊，修鞋为业。他的手在各种各样的鞋面上摩擦，他的嘴里总咬着一颗生了红锈的鞋钉。老家伙修了一辈子鞋。老家伙靠修鞋养活了自己和儿子。老家伙的儿子初中毕业后就进了工厂。机器轰鸣中，他站在铣床前，满手油污。

老家伙的儿子，交了女朋友。

下了班，儿子来到鞋摊前，看老家伙修鞋。这时女孩过来取鞋。她打开挎包，捏出三枚硬币。儿子伸出去接，没接好，一枚硬币滚进下水道。女孩问，算谁的？儿子说，算我的吧。两枚硬币丢进老家伙的人造革提包。老家伙当然不愿意。两块钱，刚够了修鞋的本钱。

可是不久后，儿子就和女孩谈起了恋爱。老家伙兴奋异常。他觉得这一块钱丢得真值。

老家伙很丑，儿子也不漂亮。老家伙很穷，儿子当然寒酸。老家伙没有文化，儿子更是粗人。老家伙觉得时来运转。这么好的女孩，竟看上自己的儿子。不可思议。

女孩在儿子的盛情之下，来到家里作客。儿子嘱咐老家伙，女孩爱吃火腿。于是老家伙在超市转了一个上午，买了最好最贵的火腿。女孩和儿子在厨房里忙碌，他想打个帮手，女孩说，您歇着吧，叔。老家伙心里就乐开了花。以前女孩找他修鞋，管他叫师傅。现在师傅成了叔，距离也拉近了很多。她成为自己的儿媳，似乎只是时间问题。

儿子切了满满一盘子火腿，端上桌子。火腿没有摆盘，乱糟糟一堆，看着别扭。老家伙闲不住了，他洗了手，将切成薄片的火腿摆成一朵盛开的花。一会儿儿子过来，看到火腿花，问他，您摆的吗？老家伙说，当然。儿子翘了拇指。他说，真漂亮。

一桌子菜，很快上齐。女孩坐在儿子旁边，安静地吃。突然老家伙发现女孩尝遍了所有的菜，惟独不动那盘火腿。老家伙的心抖了一下，他冲女孩笑笑，说，尝尝火腿。

女孩说，我不爱吃火腿。

儿子说，不是最爱吃火腿吗？

女孩说，你听错了。

儿子不识时务。他用筷子夹起一片，硬往女孩嘴里塞。女孩咯咯地笑着躲闪，儿子的筷子紧紧追随。终于女孩不再笑，她的表情甚至带了几分愤怒。儿子瞅准时机，准确地将那片火腿塞进了女孩的嘴巴。

女孩的脸一下子白了。

她惊恐地吐出那片火腿。火腿沾着她的口水，落进鱼香肉丝的盘子。女孩站起来，瞪着眼冲儿子叫，你这是干什么？

儿子愣住了，呆住了，糊涂了，吓傻了。

不欢而散。

几天后老家伙在鞋摊修鞋，看见了女孩。女孩挎着绅包从他面前走过，目不斜视。老家伙喊，闺女！女孩回了头，冲老家伙微笑。那是标本似的微笑。那微笑拒人千里。

老家伙想，到底还是被料到了。

回了家，问儿子，你女朋友怎么不来了？儿子说，黄了。老家伙问，为什么黄了？儿子说，不为什么。老家伙问，不会是因为我吧？儿子说，怎么会。老家伙问，不能再合？儿子说，别合了。性格不一样，合在一起也难受。

可是他们不合，老家伙才难受。儿子三十多岁了，老家伙觉得他应该抓紧。

所以第二天，老家伙没有出鞋摊。他去了超市，买回鸡鸭鱼肉，当然，他没有忘记买最好最贵的火腿。他把这些东西堆在厨房，等儿子回来。

儿子回来了，老家伙垂了手，站着，冲儿子说，请她来吃顿饭吧！你们吃，我出去。

儿子说您这是干什么呢爸？上次吵架，又不关您的事。老家伙说怎么不关？儿子说真的不关。盛火腿的盘子里有一只苍蝇，她看到了，没好意思说出来。老家伙说真有苍蝇吗？儿子说真有苍蝇，咱俩都没看到。老家伙说那你们还能和好吗？儿子说我试试吧。老家伙说那你去请她过来吃顿饭吧。儿子点点头。儿子说，好。

老家伙就高兴地笑了。儿子却转了身，偷偷抹泪。

牡　丹

从前有位书生，喜欢夜读，喜欢喝酒，更喜欢夜读时喝酒。书生有一棵牡丹，生得亭亭玉立，很得书生喜爱。这样书生在喝酒时，总是省下一滴，留给牡丹。日久天长，这牡丹得了人气，化成仙，夜夜幻为倾国倾城的佳人，陪书生喝酒读书下棋吟诗。至于后来书生有没有中举，他们有没有结成夫妻，我就不清楚了。——让我感兴趣的，只是故事的前半部分。

这故事很让我兴奋。因为我也有一棵牡丹。还因为我也是一位书生。确切说我是一位作家。再确切说我是一位不得志的三流作家。对我来说，能有一俏佳人儿夜夜陪伴喝酒聊天，几乎就是世界上最美妙的事了。

牡丹是于丹送来的。于丹就是一位美人。于丹凤眼樱唇，皮肤像锦缎般光滑，气味似牡丹般芬芳。她把牡丹连同花盆送给我，然后给我讲了那个故事。牡丹瘦瘦小小，放在我朝阳的窗台。我说明天我就去买瓶茅台浇浇它。于丹说你敢？她的凤眼瞪起来如一泓秋水，令我痴迷。

于丹常给我讲她圈子里的事。她说她的朋友阿甲今年赚了八万，阿乙赚了十八万，阿丙赚了二十八万。我说瞎子阿丙？她说是民营企业家阿丙。那时我正在浇灌我的牡丹。却不是用酒，我还不至于弱智到如此地步。我用加了营养液的水。我盼望这棵牡丹能够早日鼓出娇艳且富贵的花苞。

我的牡丹虽然不能幻为佳人，可是夜里却常有佳人伴我。是于丹。于丹陪我喝酒读书下棋吟诗，令我无比欢悦。有时天很晚了，我说别走了，住下吧。于丹就住下。我们做了你能猜到和猜不到的所有事情。这时我常常出现幻觉，觉得牡丹就是于丹，于丹就是牡丹。我看着于丹近在咫尺的粉脸，说，牡丹。于丹说，我是于丹。我仍然说，牡丹。于丹说，我是于丹！我继续执迷不悟地说，牡丹。于丹就伸出她长长的手指，掐我的脸。很痛。痛得让我舒服。

在没有幻觉出现的时候，我把于丹定位为添香的红袖。可是我读书写字都不点烛，所以，事实是，于丹从来不曾为我添香，充其量，她只会用她学过有关微机的粗浅知识，优化我电脑的 Windows 系统。

一年过去了。我开始变胖，牡丹也开始变胖。我给牡丹更换了更大的花盆，却没有能力给自己更换更大的房子。于丹说，明年，牡丹也许就开花了。然后她再一次给我讲她圈子里的事。她说今年阿甲赚了五十万，阿乙赚了六十万，阿丙赚了八十万。我说怎么阿丙总比别人赚得多？她说当然，阿丙是最有才华的一个。

我没有见过阿丙。我想阿丙肯定长得又矮又胖，打着松松垮垮的领带，戴着愚蠢粗俗的戒指。我不想见任何人，我只想写我的长篇小说。于丹问你的小说写得怎么样了？我说写了五千字。于丹说去年这时候呢？我说也是五千字。于丹说前年呢？我说五千六百字。于丹说怎么越写字越少呢？我说有一个自然段写得不好，被我删了。于丹撇撇嘴。她说你的小说到底什么时候能写完？我说明年吧。明年，也许就差不多了。于丹问能赚多少钱？我说两万吧，也许两万两千。于丹就蹦起来，吻我的脸。我的幻觉接踵而至。我看着于丹的脸，一本正经地叫她，我的牡丹。

每天我坐在电脑前紧锁眉头，窗台上的牡丹也陪我苦思冥想，我们相依为命，苦不堪言。所以我庆幸它是一盆普通的牡丹，这样省去了我怜香惜玉的时间和精力。每天，我不过赏它一壶自来水，而不是口红胭脂以及漂亮的衣裙。

又一年过去了，我变得更胖，牡丹却变得窈窕。于丹说这是它开花的前兆，所以那天她抱来一个更大的花盆。于丹问你的小说写完了吗？我说写了四千六百字了。于丹说去年这时候不是已经五千字吗？我说我又删掉一个自然段。于丹问你到底什么时间能写完？我说明年这时候，应该差不多了。然后我和于丹开始喝酒下棋搂抱亲嘴。那天于丹住下了。第二天起床，于丹说今年阿甲赚了八十万，阿乙赚了一百万。我问阿丙赚了多少？于丹说，三百万。然后她往门口走，走着走着又踅回来。她抱紧我，吻我。她没头没脑地说，你能不能，快一点儿。

我不能。我是作家。我在写小说，不是劈木柴。我又痛苦地思考了大半年。半年里，牡丹不知疲倦忠心耿耿地陪着我。还有于丹。

正如于丹所言，某一天，牡丹鼓出花苞。它即将开出绚丽夺目的花儿，不开则已，一开惊人。

我的思路开始顺畅和清晰，小说腹稿逐渐成形。我知道我的手指一旦落上键盘，十几二十几万字将会一气呵成。我想我必须好好睡一觉。等我醒来，我将一个月不吃不喝，直到小说完成。

我做了一个梦。梦中我的牡丹开出大红的花朵，它一边打开身体，一边向我微笑。然后牡丹化为女人的形状，来到我的床前。她是那般惊艳，白处雪白，红处血红，细处纤细，圆处浑圆。她拉我起来，陪我饮酒下棋猜谜吟诗，她的眼睛扑闪扑闪，她的表情娇羞不安。后来我喝醉了，绅士般亲吻她的手指和脚趾。我一边吻她一边说，于丹。她说，我是牡丹。我继续说，于丹，于丹。这时太阳升起来了，她惊呼一声，就不见了。我醒来，去看那花盆，花盆里只剩下花土，牡丹已经不见。我的牡丹仙子，终没能在天亮前回归。

我听到乱成一片的鞭炮声。我探了头，看到美丽性感的露着肩膀的身披婚纱的于丹。我听到有人喊，阿丙，亲她一下。旁边的男人，就亲了她。那是一位英俊逼人的男人，他高高大大，长着贝克汉姆一样的脸。他的领带打着漂亮的结，手指戴着金光灿灿恰到好处的戒指。他亲了于丹，于丹幸福地笑。

于丹和我，同住一个小区。我们相隔，百步之遥。三十五岁的于丹像仙女一样陪了我十几年，我感激她。

于丹任阿丙抱着，上了婚车。我看到，她的脑后，插一朵娇艳的牡丹花苞。

小山的骆驼

小山喜欢骆驼，却不喜欢父亲。骆驼救了他，父亲却将他抛弃。八岁以后，小山只能在动物园里见到骆驼。——灰色的无精打采的皮毛，一个或者两个软塌塌的驼峰，以及异常难闻的腥臭气味。而小山对父亲的记忆，则仅仅停留在他八岁和八岁以前的支离破碎的片断。父亲在小山八岁那年离开了他。换句话说，父亲在小山八岁那年抛弃了他，还有他的母亲，父亲的妻子。

那时父亲和母亲已经分手。八岁的小山判给了母亲。这让父亲蹲在门口，抽了一夜的苦烟。第二天父亲和母亲商量，能不能，带小山去玩一圈？小山说好，母亲说不行。父亲说，只是出去旅旅游……以前没机会……你就答应了吧。小山兴奋地说好啊好啊，母亲斩钉截铁地说不行不行。父亲的目光就黯淡下来。他转过身，来到院口，蹲下不动，头顶升起一个又一个巨大的灰色烟圈。父亲在那里蹲了很久，像一尊逼真的远古泥塑。后来母亲给他端去一杯水，父亲却没有伸手去接。母亲说你哭什么呢……你别哭了行不行？……好——吧！

这样父亲就带着小山出了门。那是父亲留给小山的最后回忆。母亲和父亲，父亲和小山，小山和骆驼，在那个夏天，毫无章法地纠缠。后来他们被硬生生剥离，小山回到现实。回到现实的小山无奈地发现，他的世界里，只剩下自己和母亲。

父亲先带小山去了郑州。他们在那里待了两天，喝掉六碗胡辣汤。然后他们去了青岛，在那里，小山第一次看见大海。看大海的时候，小山突然说我还想看沙漠。父亲说看沙漠，我们得去新疆。小山说那我们就去新疆。八岁的小山认为新疆很近，穿过一条马路就是。父亲说那我们不回去了，你永远跟着我。小山说，好。父亲说我们也不要妈妈了，我们不让她知道，好不好？小山想了想，说，好。为了看到沙漠，年幼的小山学会了不露痕迹地撒谎。他看到父亲高兴地笑了。父亲摸摸他的头，说，好儿子。

父亲带着小山来到乌鲁木齐。父亲并没有着急带他去看沙漠，而是一个个居民区乱转。小山说不是要看沙漠吗？父亲说，我们先住下。八岁的小山并不理解这句话的真正含义。他说我不要住下，我要看沙漠。父亲说听话，先住下，再看沙漠。小山说先看沙漠。父亲说信不信我揍你？小山说你没有权利揍我。我被判给了妈妈，你以为我不知道？父亲急了，一巴掌拍下，小山号啕大哭。他说我要回家，我不看沙漠了，我不要你了，我要妈妈。父亲的眼睛突然黯淡，有了绝望的表情。仿佛长久的努力顷刻化为泡影，小山再一次看到升腾着灰色烟圈的泥塑。

多年后小山一直坚信，正是他的最后一句话，让父亲下定抛弃他的决心。父亲得不到小山，就要抛弃他。离婚是一回事，抛弃是另一回事。父亲和母亲的分手，只是一种形式的终止；而抛弃，却是彻头彻尾的终止。本质的终止。

父亲和小山在某个凌晨登上一趟列车，奔向沙漠。父亲在列车上不停地向别人请教，他对沙漠的所有知识，都是在列车上的几个小时恶补的。他匆匆买了指南针，水壶，干粮，然后带着小山，踏进无边的黄沙。他们很快迷了路。他们看见十二个太阳。骆驼刺和仙人掌告诉他们，这是真正的大漠深处。他们顺着指南针所指的怪异方向，胡乱地走。他们争抢着水壶里的水，胜利者总是小山。后来小山喝掉最后一滴水。他的嘴唇上裂开口子，淌着鲜血。小山说爸爸我要晕过去了。父亲说再坚持一会儿，就快走出沙漠了。

……父亲牵着他的手。父亲说驼队来了。小山果真看到远处走来一队骆驼。骆驼们有着金色的皮毛，迈着优雅的步子。驼队慢慢走向他们，终于来到近前。领头的骆驼跪下，一个汉子翻身下来。他的脸膛像烈焰般红，头发像烈焰般飞舞。他和父亲轻轻交谈，露出轻松愉快的微笑。他喊来一头骆驼，骆驼跪倒在小山面前。父亲把小山抱上驼背。父亲说，回家啰！小山揪住骆驼的皮毛。那是很温暖的皮毛，散发出炙烈的芳香。那是驼队里最漂亮的一头骆驼，健硕并且修长。父亲骑上随后的一头骆驼，他说小山，坐稳了别动……我开始给你讲故事了……

小山忘记了故事的内容。父亲的故事断断续续，像沙漠里随风摇摆的驼铃。小山听着故事，睡着了。后来他再一次听到父亲的声音，父亲说，到了。小山醒来，看到夜色里成排的胡杨林。他坐在骆驼背上，像一名凯旋的将军。迷迷糊糊的小山再一次睡去。再次醒来，父亲就不见了。他躺在一个陌生的地方，旁边坐着他的母亲。那天小山喝了很多水，他认为这些水可以灌满一个池塘。后来他想起父亲，他问，爸爸呢？母亲说，他跟着驼队走了。咬牙切齿刻骨铭心的表情。小山说他不要我们了？母亲说，是……骆驼救了你。你要感谢骆驼。

小山记住了母亲的话。他要感谢骆驼。他心里记恨他的父亲。他认为母亲并不知道。在对他的抢夺战中，父亲处于全面的下风。处于下风的父亲于是走得无影无踪。他抛弃了从前的一切。以至于，随着年龄的增长，小山竟一点儿点儿忘记了父亲的样子。

每个星期天，小山都要去动物园看骆驼。骆驼漠然地盯着他，似乎他们之间，并没有丝毫的联系。那天小山突然接到一个电话。电话是妻子打来的。妻子说，妈要走了。

小山赶到医院，母亲正在等他。母亲吝啬地节约着每一口气息，将她的生命顽强地抻长。母亲看到他，艰难地招手，喉咙里发出鸽子般咕咕的声音。小山坐到母亲旁边，低下身子。

母亲说小山，我要走了。

小山握了她的手。

母亲说小山，妈只有一个要求。

小山握着她的手，用了力。

母亲说小山，我知道你记恨你爸。别再恨他了。那天，其实没有驼队，没有骆驼……是你爸，把你背出了沙漠……然后，他走了……

没有骆驼？小山想起抓在手里的温暖皮毛。那应该，是父亲浓密的头发吧？

我知道他走了。小山说，可是他抛弃了我们……

他没有抛弃我们。母亲努力扭动身子，嘴巴张得很大。他把你背出沙漠。他见到了我。他累死了……

……

小山整理母亲的遗物，在一个箱子的最底层，发现了父亲的照片。照片上的父亲英姿飒爽。年轻的父亲，并不像一头骆驼。

小山把父亲和母亲的相片小心地排到一起。那是年轻的父亲和苍老的母亲。然后他在相片旁边，摆上一尊泥塑的骆驼。

后来，小山给他的儿子，取学名，叫骆驼。

苏曼丽的刀

苏曼丽的刀，挂在客厅，挂在电视墙上。青铜的刀柄，青铜的刀鞘，古老复杂的纹饰，冷的色泽和光辉。推开刀柄，刀锋薄如蝉翼，寸寸寒光逼人。将一根头发靠近刀锋，吹一口气，发梢扫过寒光，却是完好无损。——它不能够吹锋断发，我却感觉呼吸和目光被齐刷刷斩断。

苏曼丽告诉我，刀是以前的男友送的。以前的男友送她刀，当然是两断的意思。他们斩了乱麻，所以我进入到苏曼丽的生活。现在我是她的男友，可是那把刀，时时让我不快。

一把刀也可以是纪念品。还可以是警告。夜里我拥着苏曼丽，感觉刀锋从刀鞘里飞出。它打起呼哨划开黑暗，在我身边盘旋不止。白天我再一次对苏曼丽说，扔掉这把刀吧，或者送人。苏曼丽说你怕了？我说我怕。不过我怕的不是刀，而是你。苏曼丽说你是怕旧情复燃？我说差不多就是这个意思——有时候一把刀和一朵玫瑰，好像没有什么区别。苏曼丽就笑了，露出两只可爱的虎牙。她转身收拾行李，将衣服和牙具盒塞进一个鼓囊囊的大包。她将出差数日。她就像一只南征北战的天鹅。

苏曼丽将刀摘下，轻轻抚摸，又挂上墙。刀终于没有随她同行。它日日与我对视。

朋友过来喝酒。酒后，用那把刀开了西瓜。朋友对刀爱不释手，他把刀揣在怀里，试图带走。我说这是苏曼丽的刀。朋友说她人都归你了，一把刀子有什么？朋友说得有道理，不过我得请示一下苏曼丽。我给她打电话，关机；再打电话，还关机。夜已经很深，我去门口小超市买烟，待回来，已经不见了朋友和刀。我点燃一根烟，睡眼朦胧。我想明天我一定得把刀子追回。刀是苏曼丽的，对她来说，那把刀代表了很多。苏曼丽只是我的女友，她并不完全属于我。当然，包括那把刀。

可是，那把刀却从此不见。

朋友说他明明记得将刀揣在腰间，一路上用手抓着，怎么就不见了呢？我问他你打了出租车吧？朋友说是打了出租车，可是下车的时候，刀明明抓在手里。朋友努力回忆昨夜的情景，我却对刀子能够失而复得不抱任何希望。很显然，那时朋友的手里，也许仅仅抓着自己的腰带。

可是我怎么对苏曼丽解释呢？我怎么解释都没有用。她不会相信我的。她会以为是我故意扔掉她的刀子，连同她的过去。

苏曼丽按时归来。她把行李丢在地板上，人坐在沙发里喝咖啡。她的目光扫过电视墙，愣一下，然后狠狠地盯住我的脸。我说，是被我扔掉了……我喝多了酒，去了海边，把刀当成石头扔进了大海。苏曼丽放下咖啡杯，低声说，我早知道你不会放过那把刀。

我把刀子当成了石头……

可是这怎么可能？

我喝多了酒……

你认为我会相信吗？

我想我和苏曼丽的故事也许要结束了。却只因为一把刀子。苏曼丽绝不肯原谅我。我知道，所有的女人都不会原谅同床共枕的是一位自私小气的男人。

苏曼丽盯着对面的电视墙，那上面空无一物。突然她转过身，靠紧我。她说，谢谢你下了决心。

她的话让我莫名其妙。我揽住她。

她又说，谢谢你让我下了决心。

我想我开始明白一些什么了。我把她揽得更紧。

苏曼丽开始抽泣。她告诉我，那其实是她的刀。她把它买来，挂在墙上，期待某一天送给从前的男友。她希望与他一刀两断，可是，她似乎总也下不了决心。

那么，现在呢？我问她。

苏曼丽擦一把眼泪，冲我笑笑。然后，她认真地说，我们结婚吧！

太阳裙

乳白色的太阳裙，阳光下亮得刺眼。是父亲为她买的，父亲是村里小学的语文老师。她兴奋地穿上，跑到院子，将自己旋转。太阳裙像葵花般绽放，笑声飘洒小院。那是村里唯一一件太阳裙，或许也是镇上唯一一件太阳裙。她没有穿出去。她在等待六一，或者校庆，或者国庆。在一个重要的日子里，她的太阳裙会让人们惊羡。一个漂亮的小姑娘。一朵漂亮的太阳裙。

每天放学，她都要套上太阳裙，在小院里舞蹈。父亲和母亲是她的观众，他们为她鼓掌和叫好。然后，她把太阳裙脱下，摘下每一粒细小的尘埃，小心冀冀地叠好和放好。她常常做梦，梦中的太阳裙飘啊飘啊，飘到天上，幻成簇簇白云。她醒了，笑了，停不下来了。她盼六一。最好明天就是。最好现在就是。

她穿着打了补丁的褂子和裤子，往返在村中的土路。可是不久她就会换上美丽的太阳裙。她的太阳裙，会让破败的山村一片光鲜。

她在土路上行走，她看到墙上突然多出很多标语。字写得很大，黑体，红色，像愤怒的拳头，像淋漓的鲜血。她只认识两个字，打倒……打倒什么呢？为什么要打倒？凭什么要打倒？她不知道。那两个字写得杀气腾腾，让她惊恐万分。她气喘吁吁地跑回家，她看到母亲黑色的脸。

母亲的手里，拿着她的太阳裙。

母亲说，你爸终于出事了。

她问，我爸出什么事了？

母亲说，这裙子不能穿了。

她问，为什么不能穿了？

母亲说，你爸终于出事了。这裙子不能穿了。

她问，我爸出事了和裙子有什么关系？

突然母亲表情狰狞。她不知道那一刻，面前的女人，到底还是不是她的母亲。母亲从旁边抓起一把剪刀，疯狂地剪着她的太阳裙。母亲一边剪一边笑，一边笑一边哭，一边哭一边剪。母亲的剪刀就像魔鬼的利齿，将她的太阳裙撕咬得遍体鳞伤。后来母亲的哭和笑混成一体，变成疯狂且绝望的嘶嚎，而她的嘶嚎，远甚过母亲。她冲上前去，试图从母亲手里夺过太阳裙。她感到指尖飞快地凉了一下。低了头，一小截手指在地上无限悲凉地跳跃。

那以后，她常常做梦。她梦见她的太阳裙飘落地面，成了一簇簇松散的芦花，随风飘逝。她恨过父亲也恨过母亲。她恨父亲为什么会被打倒，她恨母亲为什么要剪烂她的太阳裙。她穿着打了补丁的长裤在村路上行走，那里烟尘滚滚，那是红色的海洋。有一块补丁是乳白色的。她知道，那是残缺的太阳裙。

有关太阳裙的噩梦和她不停纠缠。后来，即使去了城市，即使满街都是长裙短裙太阳裙一步裙鱼尾裙，她也没有任何一条属于自己的裙子。她总是想起含冤而去的父亲和突然疯掉的母亲。夏天里她穿着一本正经的长裤穿行在城市的柏油路，穿行在自己的青春岁月和太阳的影子里。她的粉刺逐渐消失，取而代之的是细密的鱼尾纹。她的头发不再有光泽，她需要在美发店里还原它们的颜色。她站在落地窗前看大街上的风景，她突然哭了。那天她终于下决心为自己买一条太阳裙。这个想法在她的脑子里藏了近四十年，现在，她终于不能忍受。她对丈夫说，我想买一条太阳裙。我老了。我要穿一次白色的太阳裙。丈夫盯着她看。丈夫弄不懂她为什么要买一条小女孩才穿的太阳裙。丈夫认为臃肿的她穿上白色的太阳裙，将变得非常可笑。无疑，她的想法近似疯狂。

她跑遍整个城市，终于寻到一条乳白色的太阳裙。她把太阳裙夹在腋下，贼一般逃回了家。她紧闭门窗。她旋转着身子。她盯着镜子里的自己。她像一朵葵花般绽开。一位美丽的女人。一朵漂亮的太阳裙。

晚上她穿着太阳裙走出家门。她拐进一条胡同，低着头，走得很快。

她只想在胡同里走一走，没有任何目的。她抬起头，发出一声惊恐瘆人的尖叫。她战战兢兢地跑回家，缩在沙发上瑟瑟发抖。丈夫说你怎么了。她说，打倒……

打倒？丈夫愣住，什么打倒？他上了街，拐进那条昏暗的胡同。他看到墙壁上落着几个红色油漆涂成的大字。他把脸凑过去看，笑了。那是某些孩子的游戏，打倒张三，打倒李四，打倒赵小明，打倒孙小华，等等。似乎这些字在这面墙上存留已久，手抹上去，油漆纷纷脱落。

他推开门。他看到一张惊恐万分的脸。她穿着厚厚的睡衣，手里提着那件太阳裙。他说，是有打倒，不过……他看到她的脸扭曲起来，身体战栗不安。他说，不过，只是游戏……他看到她突然从身边操起一把剪刀，疯狂地剪着无辜的太阳裙。他看到太阳裙转眼间变得伤痕累累，千疮百孔。他冲过去，他说你疯了吗？他试图从她手里夺过太阳裙。他感到指尖飞快地凉了一下，一小截手指，翻一个跟头，从太阳裙，蹦落地上……

九月九日自杀事件

中午和大虎他们喝酒，老牛一个人喝下八两二锅头。还想再喝，被大虎拉住。大虎说再喝可就多啦。老牛说没事，最多时我喝过一斤二，照样下地干活。大虎说吹牛吧你，一斤二，喝不死你我去死！老牛就抓起酒瓶，对着瓶口喝起来。那天老牛真的喝下一斤二两，没喝死，大虎当然也没去死。喝完了，老牛站起来，摇摇晃晃地说，喝死了也不怕，早他娘活够了。他一边说一边笑，看不出任何“活够了”的迹象。笑着笑着一线鼻涕就流下来，被老牛吱溜一下吸了回去。

楼房开始封顶了，所以老牛们的活儿就轻松一些。下午老牛靠在一袋水泥上抽烟，包工头王文凑过来，问老牛，听说你想自杀？老牛那时脑袋正痛，就嗯了一声。王文吃了一惊，怎么会这样？好死不如赖活啊！老牛想逗逗王文，就说，总这么赖活，有什么意思？王文睁大眼睛说，什么事想不开啊？老牛不想搭理他，要走，却被王文拦住。千万不要干傻事啊！王文说，你一死，上面来人查，还以为是我拖欠工钱呢！老牛心里骂，你他娘本来就拖欠工钱。王文接着说，就算你真的想自杀，也不能选择这几天啊！你这等于把我给卖了，是不是？这时老牛已经走远了，却仍然听见王文在后面喊，要自杀，也得等回了家再说啊！

那几天，很多工友见了老牛的第一句话不再是“吃了吗?”，而是“还没去死?”。说这话时，个个眉开眼笑。

几天后老牛再一次和大虎凑在一起喝酒，正喝着，大虎的手机响了，大虎就对着手机呜呜哇哇地喊。大虎是工友里唯一有手机的人，晚上他总拿手机来玩游戏。等大虎打完电话，老牛说，借我用用？又说，给你嫂子打个电话。老牛接过大虎递过来的手机，拔了一个号码，说，找你婕，我二十分钟后再打。说完他关了电话，朝大虎笑笑说，手机这玩艺儿，我懂。

二十分钟后，老牛再一次拔通电话，家长里短后，老牛老婆问发钱了没？他说没，还没。老牛老婆就不乐意了，骂了他一句。老牛就火了，他说上面不发钱，我有什么办法？老牛老婆说你不能跟他们要啊！老牛说你以为他们是你儿子，说要就要？老牛老婆说你真是个笨种！老牛说你这个臭婆娘信不信我撕了你的嘴？老牛老婆说信不信我卸掉你一条胳膊！老牛说我扭断你的脖子！老牛老婆说去死吧你！啪，电话挂了。

老牛想真是反了。这个臭婆娘怎么敢这样跟他说话？

继续喝酒。这次老牛只喝了六两白酒，就觉得多了。他站起来靠着墙根撒尿，看着茶黄色的尿液在墙角画出一个人形，突然有些兴奋。于是他扔下还在一旁喝酒的大虎，一个人爬上了楼顶。

那天是九月九日。

老牛走向楼顶天台的边沿，站在那里晃。很大的风，吹得他站不稳。然后老牛就摇摇晃晃地在天台的边沿散步，学着电视上的杂技演员走钢丝。这样走了一会儿，他感觉很没劲，就坐下来，摸出烟抽。他就坐在天台的边沿。那是十八层楼的楼顶。他的脚荡在半空。他闻到自己的丝丝脚臭。

大虎的喊声突然吓他一跳。转头，大虎正站在身后不远。他看到大虎哆嗦着嘴唇说，老牛你可千万不要往下跳啊！他看到大虎朝自己跪下了，嘴里一个劲儿地说，千万别跳啊老牛千万别跳啊。老牛就觉得大虎很好笑。他想自己怎么会往下跳呢？他又想大虎真是个好人，比王文好，比别的工友好，比他婆娘好。这样想着他就重新站起来，对大虎说，走，接着喝酒。

老牛刚走出两步，大虎就乐了。大虎说我就知道你不敢跳！……这几天王文怕你出事，让我盯住你。你为什么想自杀呢？再说就算你真想死，也别在咱俩喝酒的时候死啊！你这不是害我吗老牛？大虎边说，边飞快地往回走。他紫红的脊梁冲着老牛，离老牛越来越远。

于是老牛重新转过身，朝着天空绝望地叫了一声，然后跳了下去。

半空中老牛滑过一根铁丝，他感到咯吱窝那儿突然一凉，身子就轻了。离地面还有一米的时候，老牛后悔了。接着老牛听到砰的一声，像一个巨大的熟透的西红柿摔烂在地上。然后，老牛的那只胳膊落下来，正好砸中了他的后脑勺。

歌　手

歌手站在舞台，汗流满面。她用一只手轻抚胸口，她感觉心脏变成燃烧的炭。很小的舞台，她往前跨出几步，就碰到离她最近的桌子。桌边歪着三个男人，喝着酒，顿着酒嗝，打着拍子，眼睛里射出浑浊的光芒。正是上座高峰，每个桌边都坐满了人，桌上的啤酒瓶密密麻麻。音乐声震耳欲聋，歌手把嗓音扯得很高——她感觉嗓子深处已经开裂。

歌手是两年前来到这个城市的。之前她参加了很多比赛，试考了很多学校，可是却总是被无情地淘汰。于是她想到酒吧，想到站在狭小简陋的舞台上，面对着慵倦或者疯狂的酒客。每天她需要演唱一个半小时，可以赚到一百块钱。一百块钱，她把它抖出喀嚓嚓的脆响，那是她全部价值的体现。

男友是在酒吧认识的，留长长的头发，眼睛挑着，弹一手好贝斯。男友喜欢叫她"蜜糖"，有了他，歌手在城市里并不孤独。一个月前男友为她介绍一位朋友，三十多岁的单身女子，开着一家公司。那女人很时髦，很漂亮，身段窈窕，谈吐优雅。那夜歌手喝多了酒。歌手问你们认识多久？男友说半年。歌手说可是你以前没有替我介绍。男友就不说话了。他低头抽烟，鼻翼如大理石般坚硬和苍白。几天后男友去了女人的公司，他说他想试一份白天的工作。白天的工作，男友说，白天里有阳光。

今夜歌手又喝多了酒。她唱了《山歌好比春江水》，唱了《甜蜜蜜》，唱了《欢乐颂》，唱了《好心情》，唱了《牵手》，唱了《卡门》，唱了《To Be Loved》……有人发出尖叫，声音高亢刺耳。有男人跑上舞台，用极绅士的姿势递她一瓶啤酒。她接过，笑笑，音乐的轰鸣声中，一饮而尽。不喝行吗？当然不行。唱酒是节目的一部分，或许是最为重要的一部分。对酒客们来说，歌手喝酒，远比唱歌刺激。

又有人跑上来，又一瓶啤酒塞到她的手里。一曲终了，她脖子一仰，一瓶酒再一次喝光。她喝酒的速度很快，因为伴奏又响起来，她得为酒客们唱下一首歌。

喝到第六瓶的时候，她开始感觉到晕。仍然有啤酒源源不断地送上来，那是酒客们乐此不疲的游戏。她将很多啤酒洒到胸前，她感到酒液的阵阵凉意。她穿着单薄的白色丝质演出服，尽管又蹦又跳，可是她仍然感觉手脚冰凉。是岁末，街上正飘着雪，她却不知道现在离过年，还有几天。

她已经喝掉九瓶啤酒。她感觉天旋地转，整个人即将爆炸。她知道自己现在很不成样子，狼狈得就像酒店里醉酒的陪吃小姐。有男友在的时候，她会把酒递给男友一瓶，男友便会在一片尖叫声中替她喝掉。现在她找谁呢？狭窄的舞台，她找谁呢？暗仄的酒吧，她找谁呢？偌大的城市，她找谁呢？拥挤的世间，她找谁呢？有时候，喝得慢了，酒客们便会跟着架子鼓的节奏齐声高喊：一二三四，嗨嗨嗨嗨！嗨嗨嗨嗨，嗨嗨嗨嗨……诺大的城市，拥挤的世间，她找谁呢？

她不记得自己喝下多少酒。她只知道胸前湿成一片，嗓子钻心地痛。她踉踉跄跄往外走，她感觉自己在一个半小时里苍老了很多。冷风让她一连打了几个寒战，她将风衣裹紧，整个人更加单薄娇小。到处白皑皑一片，她认为自己是遗忘在雪地里的一只舞鞋。

晕。她扶住一棵树剧烈呕吐。有男人在不远处盯住她看，雪地里如同无所事事的鬼。似乎她吐了很久，她感觉吐出了自己的胆汁。

喝得不少？男人走过来，问她。男人有着粗短的脖子和臃肿的身躯，镜片后的眼睛闪出蓝幽幽的光。

她看男人一眼，抹抹嘴角，笑笑。她迈开腿，有雪片落进她的脖颈。

你，多少钱？男人在身后问她。

什么？

我是问，多少钱？男人跟上来，与她并肩。男人的表情并不猥琐，甚至带着几分清澈和腼腆。男人是认真的。城市里有太多这样的男人。他们有事业心，有责任感，可是他们并不拒绝一位年轻漂亮的女子。

她明白男人的意思了。她想大骂男人几句，可是她张了张嘴，终未开口。男人有什么错呢？有错的是她自己。她不该喝这么多酒，她不该如此狼狈。她不该孤身一人，她不该当一名酒吧歌手。甚至，她不该来到这个城市。可是，如果不来这个城市，她怎么能够，认识她的男友呢？

想到男友她笑了。她知道她将度过十几个小时的幸福时光。男友会在他们租住的小屋里等着她，或许为她冲一杯咖啡，或许为她榨一杯解酒的萝卜汁。更或许，什么也不说，只是给她一个结结实实的拥抱。寒冷的冬夜里，他的胸膛，就是她的天堂。

她打开门，却僵住了。屋子里空空荡荡，似乎孤寂百年。一盏灯摇曳不止，光影浮动，屋子里的一切似乎凝上冰霜。写字台上留着一张简短的字条，一把漂亮的贝斯斜倚墙角。

“我喜欢阳光。分手吧。”

歌手看一眼，发出一声短呼。再看一眼，双手便捂了脸。

跪 下

父亲说啥时候也不能跪下啊！父亲说男儿膝下有黄金啊！笨嘴笨舌的父亲只会说这么两句，翻来覆去，如同老僧诵经。

两句话，父亲念叨很多年。

农村老风俗，除夕夜，规规矩矩摆上供桌，旁边燃起黄纸，全家老小跪下，嘭嘭嘭连磕三个响头。父亲却不跪。不跪，也不准家里人跪。供桌照样摆上，酒杯里美酒飘香，黄纸落进火堆，蜷缩，飞舞，满载了全家人的希望。父亲对他说，心诚就行，跪就免了……男儿膝下有黄金啊！不能跪。不能跪。父亲表情虔诚。父亲把膝盖看得无比神圣。膝盖是父亲的神。

他听父亲的，膝盖坚硬如同顽石。小学，中学，大学。毕业，进城，结婚。买房，做官，升官。他从乡下人变成城里人，从城里人变成光鲜的城里人。家里常常来客，熟人或者陌生人，来了，有事喝茶说事，没事喝酒下棋。他知道这个位置的重要性，他需要准确地拿捏分寸。

有人敲门，拘谨不安，就像十几年前的他。从猫眼看，民工打扮，民工表情，民工的卑微与惶恐。把民工让进屋子，问有事吗？民工说，孙董的事。灰黑着脸，低着眼神，瞅着脚尖，呼吸是屏住的。问哪个孙董，民工说半天，他才想起孙董的模样。问孙董什么事？民工说说好年底给钱，可是要了十几趟，硬不给……十几号人的钱呢！问欠多少，民工说每人五千……找您，知道您的话好使。他说您先别急，我总得调查一下。他想给孙董打个电话，翻手机，没有孙董号码，翻名片册，仍然没有，再翻另一本名片册……他一边找一边对民工说，您有事的话，先回吧。

民工突然跪下。嘭一声，膝盖砸上地板，客厅微颤。他一惊，一怔，厌恶感随即而来。他想至于吗？不过五千块钱，至于吗？男儿膝下有黄金啊！跪下的民工不说话，只把头垂得更低。忙把民工扶起，说明天一定找孙董谈谈。心里却恨不得掴这个没有骨气的家伙两记耳光。

翌日在办公室翻到孙董电话，想拨过去，又想再拖一天吧！——那个民工，总得为他的贱骨头付出些代价。

第三天太忙，就把这事忘了。晚上回家，妻子告诉他，来找你的那个民工，白天里，跳了广告牌。当场摔死，脑浆涂了一地。

蓦然想起跪下的狗一样的民工，心里猛一抽搐，两记耳光赏给了自己。他想跪下的纵是一条狗，也得赏它一点残羹剩饭吧？他省掉一个电话，却要了别人一条性命。

然民工至死再没说过一句话。他一言不发地爬上广告牌又一言不发地跳下来，似乎他的死，与孙董没有半点儿关系。孙董还是孙董，活得圆滑、周全、嚣张并且滋润。甚至，因为这件事，与他，有了更多接触的机会。

时间长了，竟成了朋友——官场上那种。

他知道孙董的野心。他知道孙董为他挖好诸多陷阱。他小心翼翼避着，处处化险为夷。可是终有一次，稍一疏忽，他就深陷进去。孙董隔着饭桌，满意地剔着牙。他的要求不高，一个大工程。

他说不行。这工程不属于你。

孙董就笑了。我有证据……真把那件事抖出去，你就惨了。

他拍了桌子。抖出去，这工程也不属于你！

可是他怕。恐慌。惊惧。彻夜未眠。他是村子的骄傲，乡亲的骄傲，父亲的骄傲，他不能出事；他有家，有妻子，有女儿，他不能出事；他有房子，有车子，有位子，他不能出事。他再一次想起那个民工，民工狗一般朝他跪下，却送给他一个陷阱。

第二天再找孙董，低声下气。他说收你的钱，一分不少退你……除了工程，你要什么都行。孙董说我只要工程。他说不可能。孙董说那就对不住了。他说我们是朋友。孙董用鼻子说，哧。他说求你，我有今天，不容易。孙董再用鼻子说，哧。

嘭！膝盖砸上地板，包厢轻颤……他感觉出地板的坚硬，膝盖的松软……他的动作迅速夸张，世界訇然倒塌……他像民工一样跪下，像狗一样跪下……那一刻他想起父亲……父亲磕磕绊绊地说，男儿膝下有黄金……他说，求求你。

孙董扇动鼻子。哧哧。

他一跃而起，拾起旁边的壁纸刀，狠狠扎进孙董胸膛。他说，求求你。孙董不说话，眼睛惊骇血红。他拔出刀子，说，求求你。刀子再扎进去。扎进去。扎进去……他说，求求你。求求你。求求你……

他畏罪潜逃。一个月，两个月，半年，一年……无影无踪。而当人们终将这件事渐渐淡忘，他却突然出现。

是自首。

他说他来自首，既不是良心发现，也不是受够亡命天涯的折磨。我来，只因为前几天，我偷偷回过一趟老家……

……是夜里，有月。我站在院子里，与父亲告别。父亲送出来，老泪纵横。我们隔着一堆乱石，一棵树，大约二十步距离。父亲说儿啊，你可以提心吊胆过日子，可是你爹不能，你妈不能，你婆娘不能，你闺女不能。父亲说儿啊，你可以背着罪名东躲西藏，可是你爹不能，你妈不能，你婆娘不能，你闺女不能。父亲说儿啊，你杀了人，你应该坐牢。父亲说儿啊，听爹的话，去自首吧！

……然后，父亲走过来。他慢慢走到我的面前……他走了很长时间……他紧紧抱住了我……

就因为这些？警察有些不解。

是的。他泣不成声，因为，我八十多岁的老父亲，是跪着走到我面前的……

馘

队伍打到河的南岸，他开始想家。正是收获庄稼的季节，他却手持锋利的大刀。离家越来越远，以前，只隔了麦场般平坦的平原，现在，平原与平原之间，又多出一条河。很小的河，河水及踝，及膝，鳞波闪烁。河水里还有家，有母亲粗糙的脸，小妹的冲天小辫，父亲佝偻的腰身。再往南，隔一座低矮的秃山包，敌军的帐篷如同繁华的村落。他们距离如此之近，他甚至能够清晰地听见对方士兵的嬉笑声和咳嗽声。当黄昏，便有香气从山包那边涌来。米香，菜香，酒香，或者肉香。排山倒海，直冲他的鼻子，让他更加想家。

他的腰间总是拴着三个袋子，即使睡觉，也不肯摘下。一个粗布粮袋，结实耐磨，装了白花花的大米；一个水袋，皮革缝制而成，当走路时，就会咣咣当当地响；再一个，就是馘袋。馘袋很小，精致，温婉，垂着流苏，绣了牡丹和平安草，却干干瘪瘪，腰间无精打采地晃。解下，凑近鼻子，恶臭阵阵袭来。

馘袋里，装了耳朵。孤零零的耳朵。左耳。敌方士兵的左耳。被杀死的敌方士兵的左耳。

他清晰地记得每一只耳朵的来历。他清晰地记得当他的大刀砍进对方头骨时那一双双惊悚并且绝望的眼睛。那些眼睛如同清澈的宝石，那些躯体如同初生的幼虎。还有耳朵。年轻并且英俊的耳朵。柔软并且灵敏的耳朵。现在那些耳朵变得紫黑或者灰白，拥挤着，萎缩着，腐烂着，代表着一条条死去的生命。

红髯将军对他们说，只要杀敌十人，便可得到一笔银钱和一个回家的机会。他需要钱，他更想回家。夜里躺在帐中，他把耳朵抖出来，排在地上，翻来覆去地数。从左边数到右边，是六只；从右边数到左边，还是六只。耳朵们贴紧地面，仍然警醒模样，可是它们再也听不到世间的声音。

天色微明，他再一次冲上战场。他的盾牌如同移动的铜墙铁壁，他的大刀斜斜闪出，血花四溅。战斗极其短暂，敌方溃不成军。这一次他们撤到很远，他的视野里只剩下零零落落的尸体和烟尘四起的平原。打扫战场时候，将军说，下一场战斗，就在二百里以外了。他听了，蓦然变了表情，手却不停，刀尖轻旋，一只耳朵落进鹹袋。

他杀敌三人。现在他有九只耳朵。九只耳朵和一只耳朵没有任何区别。而当队伍继续往南开进，他想，也许这一辈子，他再无可能回到家中。

他需要一只耳朵。敌方士兵的耳朵。左耳。耳朵是奖励。是赦免。是回家之路。是家。是母亲。父亲。小妹。情人。是炊烟。田野。土狗。锄头。是结束。是开始。是逃亡。是安稳并且驰然的生活。

夜里他们得到犒劳，军帐外燃起炭火，炭火上架起牛羊。官兵们开怀畅饮，夜色中飘散着女儿红和烧刀子的浓香。半坛酒喝光，他偷偷潜回帐中，解开鹹袋，抖出耳朵，排成一列。他伸出手指，从左边数，九只；再从右边数，还是九只。他开始抹泪，开始抽泣，开始号啕。他的五官扭曲，表情狰狞。他看看帐外，官兵们东倒西歪，遍地滚动的酒坛如同光溜溜的被割去耳朵的脑袋。他拾起大刀，举起，低吼一声，牙关紧咬……

鹹袋送到督战官手中，督战官一只一只地数，认真并且虔诚。数完，抬起头，看他，就愣了。他问你受伤了？他说，小伤。他问伤了耳朵？他说，是。血花渗出绑带，宛若给他画上一只血耳。督战官叹一口气，说好吧。好吧！明天早晨，你就可以跟随粮草车回家……战场上最怕想家，你知道吗？手腕轻抖，十只耳朵飞落火堆。火变得更旺，像伸向天空的手。火光中传出噼噼啪啪的炸响，伴随了诡异并且浓烈的香气。

可是没有明天。黎明时分他们受到致命的袭击。敌军武器精良，浩浩荡荡，八个方向直扑过来。没有人知道他们如何在一天之内推进两百里，发觉时，只见长矛簇成森林，利箭遮天蔽日，他们仓皇迎战，却多被直接斩杀帐中。酒香还在弥漫，灰烬尚存余温，然地上，伙伴们的尸体，叠股枕臂。

他挥舞大刀，杀敌无数。顽抗与挣扎总会让人异常骁勇，却看不到任何希望。伙伴们一个个倒下，帐篷变成一片火海。他看到将军被一支长矛刺穿喉咙又被一把大刀砍掉右臂，他看到一只利箭从督战官左眼射进又从后脑穿出，他看到执坚持锐的敌军士兵潮水般一浪高过一浪，他看到一把近在咫尺的大刀，慢慢划开他的胸膛。

他是最后一名倒下的士兵。他们全军覆没。

他看到拴在腰间的三个摇摇摆摆的袋子。他看到肌肉凸起的胸膛和宽阔坚实的肩膀。他看到一张年轻并且英俊的脸。他看到一把锋利并且血迹斑斑的大刀。士兵盯住他的脸，说，你还没死？

他笑。

士兵说那补你一刀吧。冲他做一个鬼脸，抬手，刀尖刺进胸膛。巨痛撕心裂肺，可是他依然清醒——有时候死亡，是一件异常艰难的事情。

士兵将刀拔出，急切地盯住他的脑袋。士兵表情微变，疯狂地撕开他的绑带。士兵表情巨变，身体訇然跌倒。士兵开始抹泪，开始抽泣，开始号啕。士兵五官扭曲，表情狰狞。士兵站起来，大刀高高举起……

士兵叫一声娘啊！左耳跌落馘袋，蹦跳不止，当当有声。

空 袭

空袭警报拉响的时候，他正扶母亲喝一碗汤药。汤有些烫，母亲边喝边用没有牙齿的嘴巴嘶嘶吸着冷气。他愣一下，他说飞机来了，我们得躲进地窖。母亲说我爬不起来，我等死算了。活这么大年纪够本了，我要浪费他们一颗炸弹……他不由分说将母亲背起，身后的母亲僵硬如一段朽木。

院子里挤满了人。第一颗炸弹已经在城北炸响，先是一团烈焰慢慢升腾，紧接着传来一声沉闷的爆炸。那声音紧贴地面，传出很远。然后，第二颗，第三颗，第四颗……炸弹排成排连成片，一点点往市中心推进。街道上胡乱奔逃着惊恐的人们，他们一边呼喊着亲人的名字，一边寻着最近处的防空洞。炸弹在城市各个角落同时爆响，地面剧烈颤抖，到处火光冲天。一位老人在防空洞口被炸倒，他爬起来，抱紧从膝盖处被齐刷刷炸断的小腿，一蹦一跳扑向洞口；一位少妇从烈焰中慢慢走出，她拖着燃烧的婴儿车，脸上皮肉翻卷，一块一块往下掉。他背着母亲，逃向后院，逃向他亲手挖成的地窖。他不可能挤进离他们最近的防空洞，母亲像朽木一样坚硬，像铁一样冰冷和沉重。

整个城市都在燃烧。燃烧带起的疾风加剧了燃烧的速度，滚滚浓烟又将火光变得模糊，似乎那是滴上宣纸的暗红朱墨。到处都在爆炸，到处都在坍塌，到处都是惊恐的号呼和绝望的惨叫。一颗炸弹笔直地落下，击穿两层楼板，镶上挂了吊灯的顶棚。片刻后炸弹从顶棚落下，在屋子里面炸开。房子就像注满水的布袋，棱角不再分明。布袋向四个方向爆裂，家在顷刻间荡然无存。那是他们的家。房子炸开的时候，他和母亲，已经躲进了地窖。

地窖通风良好，地窖坚不可摧。一排排炸弹炸过去，炸回来，再炸过去，再炸回来，一波连着一波，似乎永不停歇。他扶母亲躺下，又在母亲身边蜷起身子。地窖里酷热难当，烤焦烧糊的人肉气味硬挤进来，不断冲击他的鼻子，让他呕吐不止。好几次他想起身，将出口堵上，可是他知道，假如堵上那个出口，只需一会儿，他和母亲，就将窒息而死。

突然母亲说，我想你的哥哥。

母亲想他的哥哥。他也想。哥哥一年前写信回来，说他很好，长胖了，也白了。母亲不信，母亲说他可能胖了，但他怎么可能白呢？小时候，他和母亲常常取笑哥哥的肤色。母亲说如果哥哥掉进煤渣，就寻不到了。寻不到怎么办呢？就得龇牙。一龇牙，煤渣里两排雪白，别动！每到这时，哥哥便红了脸膛，一张脸更黑了。哥哥木讷，害羞，性情温和。他和母亲都认为哥哥毕业后不会找到工作，谁会想到，哥哥竟也会远走他乡？

急忙安慰母亲，说等战争结束，我们一起去寻找哥哥。这时爆炸声小了一些，距离也越来越远，将脑袋凑近窖口，他看到火车站方向的火光映红了天空。然后，又一轮轰炸开始，炸弹从火车站开始，一排排向他逼近。他缩回来，继续蜷坐着，看着黑暗里的母亲。母亲一动不动，似乎昏睡过去。伸手试探鼻息，母亲呼吸均匀。他长舒一口气，重新坐下来。隆隆的爆炸声忽远忽近，他守着母亲，竟然迷迷糊糊地睡过去。

他做了很多梦。关于战争，关于母亲，关于哥哥，关于空袭……那些梦支离破碎，仅是一个个碎片；那些梦又异常清晰，油墨厚重。他打一个寒噤，突然醒来，地窖中仍然黑暗一片。伸出手摸身边的母亲，却什么也没有摸到。

他慌了，站起来，脑袋重重地撞上窖顶。急急地爬出地窖，眼前的城市仍然是一朵巨大的扭曲的火焰。他看到母亲笔直地站在窖口，头努力抬着，望着黑压压的天空。坐起来都困难的母亲，竟然一个人爬出地窖，剪纸般毫无设防地站在窖口！火焰的映衬下，母亲灰白的头发随风飘扬。一枚炸弹在不远处落下，一片弹片迎着母亲，直直地削过去……

他把母亲背回地窖。母亲艰难地喘息。弹片依次划过她的肚腹，胸膛，脖子，下巴，鼻子，额头……他哭着问你出去干什么，你出去干什么……

母亲说我想看看你的哥哥。

可是母亲不可能看见自己的儿子。尽管哥哥加入了敌国国籍，尽管哥哥当了兵并成为空军，尽管哥哥成为空军基地的轰炸机飞行员，可是，也许，他不可能参入到这次空袭中来。或者，就算他加入了空袭，母亲也不可能看到他。天空中只有黑压压的云层，她什么也没有看到。

母亲艰难地说，但愿那是你哥哥……但愿他不要遇到拦截……但愿他和他的飞机，能够平安地返回……

又一颗炸弹炸开，将母亲的声音彻底淹没。

青　蛙

雨后青蛙满塘。

彩虹的尾巴插进水里，倾斜成桥，青蛙们便傻呵呵地往上跳。到半空，掉下来，再跳。不过一个七彩虚幻的影子，却让青蛙们兴高采烈。

青蛙让金豆兴高采烈。

金豆把老牛拴在一边，瘦小的身子趴在塘沿，屁股撅起很高。青蛙们游来游去，追逐嬉戏，或蹦上岸，凸着眼珠，一动不动，又突然从宽阔的嘴巴里弹出灵巧的舌头，卷走一只盘旋的飞虫。金豆拍起手笑，他想如果青蛙足够大，蹦起足够高，肯定可以舔下云彩里的飞机。

吞掉大狗，更是不成问题。

大狗喜欢说这是他养的青蛙，理由是春天时他曾往池塘里撒下一捧蝌蚪。大狗小金豆两岁，长得却又高又壮。有他在的时候，金豆便被剥夺了看青蛙的权利。后来金豆和大狗打了一架，他骑在大狗的脖子上，抡起巴掌左右开弓。他问这是谁的青蛙？大狗说当然是我的。金豆狠狠地卡住大狗的脖子，指甲深深嵌进去。到底是谁的青蛙？他锋利的牙齿几乎切中大狗的鼻子。大狗紧闭眼睛，从嗓子里挤出又尖又长的嚎叫，当然是我的！后来大狗被偶过的村人救起，站起来的他翻着白眼，脚步踉跄，脖子上血迹斑斑。当晚大狗就召集他的同学将金豆暴揍一顿，又把他抬起来扔进池塘。——大狗有同学，可是金豆没有。金豆读不起书，他日日与一头老牛相伴。

学校就在池塘后面，几间破瓦房，操场上飘着陈旧泛白的国旗。大狗上课时候，金豆就偷偷跑到池塘边看青蛙，看国旗，听大狗和他的同学在课堂上扯起嗓子拖起长腔读《小蝌蚪找妈妈》。听着听着金豆就哭了。他没有妈妈。他读不起书。他常常被大狗和他的同学欺负。他连看青蛙的资格都没有。

突然金豆产生出一个大胆的想法——他要处死大狗的一只青蛙。处死青蛙肯定会让大狗伤心不已。处死青蛙如同处死大狗一样痛快过瘾。

青蛙跳起来，金豆伸手横扫，青蛙就被他紧握在手。是一只很小的青蛙，披着淡绿色花纹，蹬着细长的后腿。青蛙的眼睛凸起很高，金豆从它的眼睛里看到惊恐的自己。金豆对他的表现非常不满，他想不过处死一只青蛙，凭什么要害怕？青蛙青蛙，你的末日到了。

金豆要把青蛙烧死。他的口袋里揣着一个一次性打火机，那是他从爹的口袋里翻出来的。他点着打火机，将淡红色的火苗调到最大，然后小心翼翼地靠近青蛙。青蛙剧烈挣扎起来，金豆感觉到它强劲的后腿将他的手心划开两条深深的口子。红色的火焰噼噼啪啪地烧烤着青蛙绿色的头颅，那颗硕大的脑袋拼命躲闪，两只高高鼓起的眼睛如同两颗孤零零的黄豆，似乎马上就要滚落下来。金豆感觉到青蛙的身子在一点点膨胀，他的手几乎抓不过来。

突然砰一声响，打火机在金豆手里爆炸。持续的高温让它受热变形，蹿出的弹簧在空中翻着跟头，无气无力地跌进面前的池塘。

青蛙还在挣扎。有那么几个瞬间，金豆甚至看见它张开没有牙齿的嘴巴，绝望地啃咬着自己的手指。

惊恐万分的金豆，决定将青蛙活剥。他见过爹剥掉一只野兔，从鼻子下刀，左划拉右划拉，又轻轻一撕，一张完整的兔皮就撕了下来。可是金豆找不到青蛙的鼻子，他想干脆从青蛙的腿上下手算了。青蛙还在挣扎，被烤焦的头颅散发出奇异的香气，金豆捏住青蛙的一条腿，轻轻一折，只听得啪一声脆响，那条腿就断了。金豆看到青蛙细细的白色骨头刺穿绿色的皮肤，就像露出来一截火柴棍。青蛙的挣扎更加强烈，它滑腻的身子几乎从金豆的手里逃离。青蛙浑身冰冷，可是金豆感觉他的手中握着一粒滚烫的炭核。金豆满脸是汗，恐惧被一点点放大。他既想不到青蛙的腿如此之脆，更想不到小小的青蛙竟然有如此之大的力气。他咬紧牙关，捏住青蛙的断腿猛地往上一撕，只听吱溜一声响，一只光溜溜的被剥掉皮的完整的青蛙就出现在他面前。

青蛙像在瞬间被脱光了衣服。金豆可以清晰地看到它身上一丝一丝的肌肉。那些肌肉排列整齐，抽搐跳动，雪白，娇嫩，没有一丝血珠。然它完整的皮肤并没有与身体彻底脱离，皮肤连挂在它的头颅之上，就像青蛙披了一张很宽很柔软的的披风。青蛙的身体猛然拉长，眼睛瞪住金豆，舌尖倏然弹出，与金豆的鼻子，咫尺之遥。

金豆噭一声叫，松开手，脸色惨白。青蛙直直地落进池塘，沉下去，又很快浮出。它以一种怪异的姿势游向池塘深处，它游得很慢，娇嫩的肌肉撕开河水，发出哧哧啦啦的声响。一张完整的青蛙皮在它的头顶张开成伞，又不断变幻着形状，与被活剥的青蛙紧紧相随。其他青蛙并没有受到它的影响，它们照样追逐嬉戏，一遍又一遍跳向彩虹。

金豆慌慌张张地跑向他的老牛。他的两条腿没有一丝力气，他的眼前尽是被剥掉皮的凸着眼睛的雪白娇嫩的在水中缓缓游动的青蛙。他想这青蛙也许会把大狗吓傻吓疯吧？他剥了青蛙的皮，就等于剥了大狗的皮。那也是他自找的。谁让他不允许自己看青蛙？

不远处的教室里，大狗们已经读完两遍《小蝌蚪找妈妈》。年轻的教师在下课以前叫起大狗，他问大狗听说你养了一塘青蛙？大狗点头说是。老师问那么现在，你认为那是谁的青蛙？大狗擤一把鼻涕，嘿嘿一笑，说，大家的青蛙——那是大家的青蛙。

金豆已经逃出很远。

丢失的梦

母亲对槐说，槐啊，昨夜里你爸的眼镜，上了雾水。我给他擦，怎么也擦不干净……

槐说后来呢？

母亲说后来你爸找来一个大木盆，把我，还有你，抱上去。他推着木盆，划啊，划……我闭着眼睛，给你爸唱歌……我不停地唱……唱啊，唱……突然一个大浪打来，你爸就不见了……

那时他们正吃中饭。母亲夹一块鱼，小心地择去上面的刺。她的表情，平静得像黄昏的湖面。

槐不厌其烦地听母亲讲梦，听了三十年。母亲的梦千姿百态，千奇百怪，千头万绪，千变万化。进到她梦里的人，可能有两个，可能有两百个，可能有两千个；梦中的地点，可能在小屋或者马路，可能在河川或者森林……甚至有一次，母亲对槐说，那时我正在月亮上赶刘庄大集……可是她的梦不管如何变化，有一点永远一成不变。那就是，槐年轻的父亲，总是固执地在她梦里出现。

槐完全忘记了父亲的样子。槐的父亲没有留下任何一张照片。那时母亲还很年轻，鲜花般娇艳的脸，稗籽般饱满的身子。那时槐还在襁褓，像未及睁眼的粉色透明的小狗或者小猫。大水眨眼就来了，房子成为落叶，在水中翻着跟头。父亲说，跑。他抱起女人，女人抱起槐，他把女人和槐抱进木盆。木盆飘起来了，他也飘起来了。他凫水的姿势怪异并且笨拙，从母亲多次的描述中，槐判断出父亲用了狗刨。母亲说你累吗？父亲说眼镜湿了，你帮我擦。母亲就帮他擦干眼镜，再帮他戴上。擦干的眼镜在几秒钟后被重新打湿，巨大的水珠像镜片淌出的汗。槐在母亲怀里号啕，父亲在漫天洪水里微笑。母亲说你累吗？父亲说你唱支歌给我听吧。母亲就开始唱。她不停地唱，不停地唱。后来她睡过去。睡过去的她，仍然唱得声情并茂。再后来她醒过来。醒过来，只看见一片银亮黄浊的水。

从此，母亲只能在梦中，见到自己的丈夫。她和他牵手和相拥，缠绵和怄气，卿卿我我和剑拔弩张，恩恩爱爱和白头偕老。梦成为母亲平行并游离现实的另一个世界，她深陷其中，不能自拔。每天她都要给槐讲述自己的梦。有一天她说，昨天我给你爸，拔掉十二根白头发。有一根，分了叉……

槐盯着母亲，他发现母亲是那样苍老。母亲的身体飞快地僵化，像一枚风干的枣，落下了，静静等待着冬的掩埋。槐说妈您休息不好吗？母亲说习惯了。这么多年，天天晚上做梦，醒了，就再也睡不着。母亲再一次陷入沉思。槐知道，其实，她怕所有的梦。因为父亲总会在梦中出现，三十年来，一夜也没有落下。梦让母亲在梦里兴奋异常，在醒后伤心不已。

母亲对槐说，槐啊，昨夜里你爸，嫌我把菜炒咸了。这个死老头子……

年轻的父亲，竟然在母亲的梦里，一点一点地变老。槐想着这些，心隐隐地痛。

槐找到学医的大学同学。他把他请到家中，吃了一顿饭。饭后，同学悄悄告诉他，你的母亲，需要更多的休息。

槐说可是她并不累。

同学说可是她睡眠不好。这样下去，她的身体会彻底垮掉。

槐说可是她三十年来一直这样。

同学说可是她现在年纪大了。年纪大了，就不比以前。总之，她不需要梦，她只需要更深的睡眠。

槐听了同学的话。他的菜谱严格按照了同学的指点。茶几上有茶，客厅里有淡淡的曲子。所有的一切，全是槐的精心安排，全都有助于母亲的睡眠。槐不想让母亲过早衰老。尽管，他似乎无能无力。

终于，那天饭桌上，母亲没有讲她的梦。母亲静静地吃饭，眼睛盯着碗里的米饭。母亲不说话，槐也不敢吱声。后来母亲放下筷子，叹一口气，站起来。槐说，妈。

母亲抬了头。她眨一下眼，眼角多出一条皱纹；再眨一下眼，再多一条皱纹。槐说，妈，您今天没给我讲你的梦。

母亲笑了笑。她说昨天夜里，我没有做梦。昨天夜里，我把你爸弄丢了。槐啊，你说，是不是人老了，连梦都会躲开？

槐说妈，您睡得好，是好事情。听说，这样可以长寿。

母亲再笑笑。笑出两行泪。那泪顺着她的笑纹，蜿蜒而下。她说可是这样的话，活一千年，又有什么用呢？如果没有梦，如果梦中不能相见，我靠什么，活下去呢？

飞 刀

胖刘的飞刀，是菜刀。

很普通的菜刀。木质刀柄，钢质刀身，土里土气的，往废品站一扔，便再也找不到了。可是这刀拿在胖刘手上，就不普通。一只鸡，只需划拉几下，便美妙分割，这边是骨，那边是肉，骨是完骨，肉是全肉，骨上不留一丝肉末，肉上不见一个刀痕；一块豆腐，放在大腿上，将刀抡圆，啪啪啪几刀下来，让徒弟小丁寻个盛水的菜盆，把豆腐推进去，那豆腐就会慢慢散开，呈大小均匀的细丝，晶莹透明。和头发一样细。比头发还细。

这不算本事。真本事是，胖刘的菜刀，是飞刀。

胖刘给小丁表演过。树上挂一根绳，绳上系一只老鼠，老鼠拼命挣扎，四肢纠缠。胖刘退后三十米，问小丁，哪里？小丁说，左前腿。胖刘就大吼一声，弯腰低头，就见一道寒光从屁股后面直射出去。走近看，地上掉一只血淋淋的鼠腿。左前腿。

所以说，你很难给胖刘下个定义。是厨子，还是武师？

别的厨子干完活，将菜刀往木墩上一砍，那菜刀就斜斜直立，直等下次厨子再用，才把它拔起。胖刘不。他的菜刀，总是挂在身后。干完活，把菜刀往屁股后面一插，那刀就别在后腰，稳稳当当。然后胖刘披上西装，骑了自行车回家。你盯着他看，总觉得自行车上，驮一只肉球。

小丁手艺不精，把土豆丝切成西餐馆炸薯条般大小。问胖刘秘诀，胖刘说，没秘诀，苦练！小丁又说，那飞刀呢？胖刘说，你学这个干嘛？小丁说，防身，不行？胖刘说，不传！小丁便撇了嘴，菜刀在案板上无精打采地敲。胖刘看看他，唉口气。第二天，小丁发现，胖刘的菜刀上多出了两个凹进去的行楷：胖刘。

那天胖刘回家，行至一处小巷，自行车突然骑不动了，似乎有人在后面生生拽住。来不及扭头，就觉得脑袋嗡一声响，眼前一黑，然后便什么也不知道了。醒来后，摸摸口袋，钱包还在；摸摸脑袋，除了一个鼓起的大包，好像也没什么大碍；再摸摸屁股，糟，菜刀不见了！胖刘愣了一会儿，摇摇头，推着车，继续赶路。

女人正是这时候跑过来的，一边跑一边高呼救命。她的身后追赶着一位杀气腾腾的男人。男人光着膀子，咬着牙。右手握一把刀。菜刀。

女人跑到胖刘身边，看着胖刘，眼睛里满是惊恐和乞求。胖刘发现女人很好看，颤动的嘴角有一颗跟着颤动的红痣。胖刘说，上车。女人就上了车。胖刘在后面猛地一推，女人就蹬着车，往前冲去。奇快。然后胖刘转身，冲男人说，得饶人处且饶人。胖刘的身子，似一座圆形的铁塔。

男人说饶你妈个头，我抢劫！边说边朝胖刘扑来。胖刘说你再往前别怪我废了你！男人不答话。他鼓着腮帮子，眼珠子血红。菜刀在他手里，舞得呼呼生风。

胖刘大吼一声，弯腰低头——这动作他做过很多次，从未失手——这次却没有寒光从屁股后面飞射出去。他忘记了。胖刘以为屁股后面，还插着那把叫菜刀的飞刀。于是男人赶过来，把他剁了。

男人刀法精湛。招招致命……

现在胖刘躺在医院的太平间里，脸色苍白，穿戴整齐。小丁跪在直挺挺的胖刘面前，无声地哭。

他的手里握一把刀。菜刀。他把菜刀插进胖刘的腰带，说，带着上路吧，师傅。

菜刀上刻着两个行楷小字：胖刘。

小丁说，我混帐，我不该……

就哽咽住了。

哭一会儿，小丁转过身，朝他的婆娘说，来，你也给师傅磕头！

于是女人走上前来，跪下。她的嘴唇颤动着，嘴角那颗红色的痣，也便跟着颤动起来……

匪兵甲

匪兵甲不是匪兵，他是匪兵甲。他在戏园子跑龙套，扮成匪兵甲或者群众乙。大多情况下，他的台词只有一个字：是！这个字被他磨练得字正腔圆，气吞如虎。

他本来是演主角的。那时他是戏园子的头牌，一招一式，英俊逼人。台下就有女人粉了腮。好像躲到哪里，都有他在面前晃啊晃的。那两道剑眉高高挑起，那一双朗目皎皎如月。还有发青的刀削般的下巴。还有挺拔的雄鹿似的身姿。那时的他，让镇子里多情的女人们，脸红心跳，神魂颠倒。

可他还是从头牌变成匪兵甲。因为小武。因为一匹马。

小武是老板的儿子。他看着小武长大。他给年幼的小武当马骑，脖子上套了七彩的缰绳。一次小武让他站着睡觉，理由是这样才像真正的马，他就真的站了一夜。小武越长越大，越来越聪明。老板本想送小武出国读书，可他竟迷上了唱戏。小武学戏，不用拜师，就坐在台下看。看了几次，竟也唱得有板有眼。那时小武的嗓音开始变粗，下巴上长出淡青色细细的绒毛。那时小武的个头，已经挨到了他的肩膀。他冲小武笑。他说，这样唱下去，用不了几天，你就是头牌了。小武也笑，一双眼睛盯着他，饶有兴趣地闪。老板说还是读书好，都民国了……再说戏园子有一个头牌就行了。他和小武一齐点头。戏园子有一个头牌就行了，他和小武都理解这句话的深刻。

春天他和小武去郊外骑马。他对小武说，让你骑一回真正的马。两匹马，一红一白，同样喷着响鼻，同样健硕高大。上午他和小武并驾齐驱，他骑白马，小武骑红马。到下午，两人换了马展开比赛。两匹马像两道闪电往前冲，红的闪电和白的闪电缠绕在一起，将田野刺出一条含糊不清的裂隙。突然他的马摔倒了。一条前腿先一软，然后两条前腿一齐跪倒在地。马绝望地蹬踢着强壮的后腿，试图控制身体的平衡，可它还是重重地把身体砸在地上。小武的马从旁边跃过去，他听到小武的嘴里发出一连串兴奋畅快的呼哨。马把他压到身下，压断他一条腿。

他想怎么会这样？他想被摔断腿的，怎么不是小武？中午时，他明明拔掉了白马蹄掌上的一颗蹄钉。

他的腿终于没能好起来。他把路走得一瘸一拐。自然，小武取代了头牌的位置。小武也有一双皎皎如月的眼睛，也有雄鹿似挺拔的身姿。小武成为镇上新的偶像。他让女人们为他神魂颠倒。

于是他成了匪兵甲。戏园子的老板照顾他，留下他跑龙套。他不会干别的，只会唱戏。匪兵甲他也演，虽然只有一句台词。他啪一个立正，喊，是！字正腔圆，气吞如虎。时间久了，戏迷们不再叫他名子，直接喊他匪兵甲。

几年以后，延绵的战火烧到了小镇。兵荒马乱的年月，戏园子逐渐冷清下来。老板开始减人。他减掉一个青衣，又减掉一个熨戏服的帮工。现在老板亲自操起熨斗，那熨斗把他的身子拉成弯月。他说老板，我不想唱戏了。老板说不唱戏你干什么？他说干什么都行，反正我要走了。老板看着他，就流了泪。老板说我也是没有办法啊。他说不关您的事，是我不想唱戏了。

不唱戏了，却隔三岔五去戏园子看戏。和那些戏迷一样，小武一出场，他就鼓掌叫好。他叫好的声音很大，震得小武心惊肉跳。那段时间小武脸色苍白，卸了妆，人不停地咳嗽。

小武终于病倒。他躺在床上，笑一下，吐一口血。老板请了最好的郎中，可他还是一天天消瘦，仿佛只剩一口气。小武以前就脸色苍白。小武以前就经常咳嗽。没人把这当回事，包括小武自己。郎中一边写着药方，一边轻轻地摇头。郎中的表情让小武和老板有一种无力回天的绝望。

老板把熬剩的药渣倒在戏园子门前。他坐在窗口，愁容满面地等待。小镇的风俗，得了重症的人，都会把药渣倒在街上让行人们踩。那药渣被踩得越狠，病就会好得越快。据说，那病会转移到踩药渣的行人们身上。不管有没有道理，小镇上的人都信。可是现在戏园子没有头牌了，来看戏的人就非常少。稀稀落落几个戏迷来了，见了门口的药渣，要么掉头便走，要么捂鼻子皱眉毛，从旁边小心地绕过。没有人踩上去，包括那些看见小武就脸红的女人。锣鼓寂寞地敲起来了，坐在窗口的老板，眼光一点一点地黯淡。

突然老板看到了匪兵甲。他瘸着一条腿，慢慢走来。他看到门口的药渣，飞快地愣了一下。他蹲在地上，细细研究一番。然后他站起来，坚定地从药渣上踏过去。踏过去，再踏回来，再踏过去。如此三圈，每一步都跺着脚，激起干燥的尘烟和奇异的药味。他流下悲伤的眼泪。那眼泪混浊不安，恣意地淌。

那以后，他天天来戏园子看戏，天天在新鲜的药渣上跺脚。可是他终没将小武救活。两个月后，病床上的小武在忽远忽近的敲鼓声中痛苦地死去。

老板请他喝酒。老板说小武对不住你。他说我对不住小武才对……现在戏园子需要人手吗？老板说需要。你肯回来？他说您肯要吗？老板说当然要……小武真的对不住你。他说那我明天就回戏园子来。老板说小武临终前告诉我，那次你们骑马，他偷偷拔掉了红马蹄掌上的一颗铁钉。他说都过去了……我明天，还演匪兵甲……我以后，只演匪兵甲。老板说你会原谅他的，是吗？

他喝下一碗烧酒，辣出泪。他抬起头，说，是！声音从丹田发出，字正腔圆，气吞如虎。

一条鱼的狂奔

他的手里提一个沉甸甸的冲击钻，腰间别一个丑陋并陈旧的卷尺。不远处的长椅上，坐着几个等车的人。那里还有一个空位。他需要一个位子，可是他不敢走过去。

他已经累了一天。他把自己悬挂在接近峻工的楼房外墙，用极度别扭的姿势把坚硬的混凝土外壳打钻出一个个大小不一的圆孔。这是他在城市里糊口的唯一本钱和留下来的全部希望。有时他感觉自己就像一条鱼，一条离开了河川，在陆地上奔跑的鱼。他必须不停地狂奔，用汗水濡染身体。他不敢停下来。太阳会把他烤干。

已经疲惫到极致，他的两腿仿佛就要支撑不住他瘦小的身体。他不断变换着站立的姿势，使自己舒服或者看起来舒服一些。没有用。腿上的每一丝肌肉都在急速地蹦跳和抽搐。这些微小的抽搐几乎要牵着他，奔向站牌下的那一个空位。

姑娘坐在那里，空位在姑娘身边。姑娘的额头洒着几粒赭红色的迷人麻点。姑娘的眉眼描得细致和迷人。姑娘穿着很长的黑色皮靴，很短的黑色皮裙。皮裙和皮靴之间，露一截令他眩晕的圆润的大腿。他看了姑娘很久。他是用眼的余光看的。城市生活让他习惯了用余光观察所有美好的东西。——越是美好的东西，越是不动声色。有风，姑娘身上的香味不断飘进他的鼻子，让他宁静、安逸、幸福和自卑。

他上了公共汽车，投下一枚硬币。他希望得到一个位子。他果真得到了。是公共汽车的最后一排，他冲过去，把身体镶在上面。他几乎在那个巴掌大的硬椅上平躺下来。他是那么疲惫，坐着有多么幸福。

香味再一次钻进他的鼻子，轻挠着他，让他打一个羞愧的喷嚏。他把脑袋转向窗外，眼睛却盯着姑娘绵缎般光洁的皮肤。当然是用余光，他的余光足以抚摸和刺透一切。他再一次变得不安起来。他挺了挺身子，坐得笔直。

车厢里越来越拥挤。所有站着的人，都在轻轻摇摆。姑娘倾斜着身子，一只手扶住身边的钢管。姑娘的旁边站一位男人，身体随着汽车的摇摆，不断碰触着姑娘。他的脸红了。好像自己就是那位男人，好像他攥着的，不是冷冰冰的冲击钻，而是姑娘甜藕一样的胳膊。

他看到姑娘扭过头来，厌恶地看看男人。男人尴尬地笑，做一个无奈的表情。姑娘没有说话，她小心并艰难地使自己和男人之间闪出一条狭窄的缝隙。汽车突然猛然摇晃，姑娘的努力倾刻间化为泡影。现在她和男人，再一次贴到一起。

于是他站了起来。他对自己的举动迷惑不解。他对姑娘说，这儿有个座位，你坐。他想他应该说出了这句话，因为他的嘴唇在飞快地抖动。姑娘看看他，懵懂着表情，似乎没有明白他的意思。他只好指指自己让出来的位子，他对自己说，这儿有个座位，你坐。

姑娘的额头洒着几粒赭红色的迷人麻点。姑娘的眉眼细致动人。

姑娘瞅瞅他，再瞅瞅那个空位，再瞅瞅他。姑娘把头重新扭向窗外。姑娘没有动，也没有理他。姑娘说，哈。

他的表情便僵住了。他感觉自己被当众扒光了衣服，所有人都在细细研究他身上每一个肮脏的毛孔。他没有坐下。他把脸扭向男人。他对男人说，这儿有个座位，你坐。他听到自己的声音在轻轻颤抖。那是哀求的调子，透着无比的卑微和虔诚。

男人笑了。他不知道男人为什么笑，但男人的确笑了。男人的脸上霎间堆满了快乐的细小皱纹。男人没有动，甚至没看那个空位。男人盯着他。男人说，哈。

声音是从鼻子挤出来的。——那声音有些失真。

他有一种强烈的想哭的冲动。那座位就那样空着，没有人去坐。包括他。很多人都在看他，面无表情。他感觉自己被他们一下一下地撕裂开来，每个人都拿到其中一块，细细研究。

他提前了两站逃下了车。他提着那个沉甸甸的冲击钻，慢慢走向宿舍。他感到很累，似乎马上就要瘫倒。他经过一个报摊，停下来。他把眼睛贴上了当天的晚报。

他对晚报并不感兴趣。他只想知道现在离过年，还有几天。

他把冲击钻换到另一只手。他感觉自己是一条即将脱水的鱼，正被太阳无情地炙烤。他想明年，自己应该不会再来到这个城市了。因为在乡下，淌着一条温暖的河。

一缕熟悉的清香悄悄钻进他的鼻孔。他没有转身，继续盯着那张晚报。突然他再一次紧张起来，他感觉姑娘就站在不远处，盯着他看。

他转过身。他第一次面对姑娘。他看到姑娘迷人的脸。他的身体开始战栗不安。

姑娘说刚才是你吗？他点点头。姑娘说哦，转身走开。姑娘走了几步，再一次停下。姑娘扭过脸，说，谢谢你啊。然后把身子，踅进一家服装店。

他开始了无声的狂奔，泪洒成河。他感到安静和幸福。他感觉自己就像一条鱼，在炙热的陆地上不停地奔跑。他不能停下，他需要汗水和眼泪的濡染。

他想他明年，可能，还会留在这里。他知道这个城市需要他，用极度别扭和危险的姿势，将坚硬的混凝土外墙，钻磨出一个个大小不一的圆孔。

1912年的猪头

1912年的猪头，挂在周家大院的石墙。那猪头的前额堆满皱纹，咧嘴，眯着眼笑。六十多岁的周老爷常靠着那面墙，把一个水烟袋，咂得咕咕咚咚地响。

一年中绝大多数时间，那个猪头，是村里的唯一。几年前一个清晨，周老爷把一个猪头刮干净，扔进滚水，烫至半熟，捞出，调整好面部表情，风干晾干，一件贵重的道具就做成了。是，猪头只是道具，是供奉鬼神和祭奠亡灵的，吃不得。

常有村人来借。谁家有人死去，过三七或者五七，就会敲开周家大门，塞给周老爷一包点心，说，借猪头。周老爷便从嘴里拔出烟袋嘴儿，踮起脚尖，郑重地取下那个咧着嘴笑的猪头。风中，周老爷垂在脑后的辫子，像一条风干的辫子鱼，无精打采地晃。

因为那个猪头，周老爷这位村里的财主，更有了财主的模样。

这次借走猪头的，是张栓。张栓和他的婆娘跪在父亲坟前，哭得死去活来。瘦骨嶙峋的儿子站在稍远的地方，摸着一条同样瘦骨嶙峋的狗，好奇且漠然地看着自己的爹娘。后来他看得有些烦，他发现爹娘总是一个腔调和表情，像夏天里不知疲倦的鸣蝉。他把目光移开，去看那个猪头。猪头在烟雾缭绕中笑眯眯注视着正午的太阳，憨态可掬。于是他笑了。他笑了，用手拍拍那条狗的脑袋。

那是极为恐怖的一幕。狗突然疯一般冲向那个猪头，撕咬猪头的一只耳朵。后来张栓说，那一刻，他分明看到，被咬住耳朵的猪头，变了表情。

张栓和他的婆娘同时发出一声惨叫，似乎被咬住的，是自己的耳朵。

他们很快赶走了狗，却发现那猪头，已经缺掉一只耳朵。张栓说完了完了，这下完了。他坐在地上，竟忘记继续给已故的父亲磕头。

张栓再一次敲开周家大门，再一次塞给周老爷一包点心。周老爷说，给过了。张栓说，您留着。周老爷说，没这个规矩。给过了。张栓说，猪头……周老爷这才注意到那个猪头。他的脸一下子变得无比紧张，皱纹拥挤成一朵狰狞的菊。他朝猪头跪下，磕头。磕头。磕头。他说，作孽啊！

张栓待在旁边，手足无措。周老爷一边磕头，一边对猪头说，这怎么可以吃呢？会遭雷劈的。张栓说，是狗……周老爷说，狗？他转过头，看张栓。他充满怀疑的脸，让张栓几乎站立不住。张栓说，真的是狗……周老爷不再看他。他对猪头说，作孽啊！

张栓站在屋前，唤出闯祸的狗。他紧握锄头，大吼，畜生！就把锄头抡了下去。锄头在狗头上一闪而过，发出一声微小的闷响。那狗就站起来，往前走。往前走的狗，脑袋不再完整，像一只被横向切开的葫芦，翻滚着红的血和白的脑浆。狗走向张栓，摇摇晃晃，终在距张栓几步远的地方，訇然倒下。张栓低了头，发现脚边的小半个狗脑壳。有一丝肉，正轻微且快速地跳跃。

张栓站在屋前，唤出闯祸的儿子。他说你为什么不看好狗？儿子看看死去的狗，颤着牙关，再看看张栓。张栓说你说我怎么惩罚你？也劈了你的脑壳？儿子吓傻了，拔腿就跑。他犯了一个很严重的错误。因为张栓愤怒的锄头紧追上去，在他身边一闪而过。儿子发出一声尖锐的嘶嚎。一条胳膊就断了。他不敢哭。他盯着自己的胳膊，盯着他爹。他痛得汗流满面，满地打滚。

那胳膊，最终，是残了。

张栓第三次敲开周家大门。他领着儿子，扛着狗。已是两天后了，狗有了臭味，儿子的胳膊，肿得像村头的碾砣。他站在周家大院，不说话。那时周老爷正聚精会神地对付那个猪头，并没有发现他们的到来——直到闻到一股恶臭。周老爷说你干嘛？张栓把死狗扔下，又按儿子跪下。他说，这够不够？周老爷慌了，去扶。这时张栓才发现，原来周老爷刚才在向那个猪头上，粘一只猪耳朵。木头刻成的猪耳朵，用了鱼鳞熬成的胶。

周老爷扶起张栓的儿子，发现肿成碾砣的胳膊。他血红的眼睛瞪着张栓。他抱起张栓的儿子，老泪纵横。周老爷说，作孽啊！

猪头还原成原来的模样。它咧着嘴，眯着眼，笑呵呵地，遥望并不存在的未来。

周老爷借出他的猪头，从此不收点心。他说不能再收。问他为啥不收，他说不为啥，就是不能收。他一次次从墙上摘下猪头，又一次次把它重新挂上去。他的辫子在风中轻轻地荡。那是1912年的冬天，胶东农村，奇冷无比。他的辫子，瑟瑟发抖。

那个猪头，据说又用了二十多年。烟熏火燎中，它的颜色逐渐变灰变暗，直至完全变黑。老年的周老爷把它放在水里冲洗，不管怎么努力，也洗不净。那烟火已经深深渗进它的深层，与它的本身，融为一体。

二十多年里，那个猪头笑眯眯地送走了一位位村人，敬奉了一位位鬼神，并给活在世间的人们，心满意足的安慰。

夜晚父亲坐在土炕，给我讲这个故事。他说那位周老爷，是你爷爷的爷爷；那位张栓，是他的一个小侄。我说这我知道，你讲过多次，我不相信的是，全村怎能只有那一个猪头？父亲叹一口气。他没有回答我的话。他说，睡觉吧！

1966年的骷髅

我的远房叔提着四齿粪叉，在1966年某个泥泞的午后向后山狂奔。那里正在掘坟，那是难得一见的场面。

雨后的太阳湿漉漉的。远房叔赤裸胸膛，四个尖尖的叉齿在阳光下闪闪发光。还是去晚了。村人已经扒开了坟墓，正撬起一个赭红色的棺材。棺木早已腐朽，阳光下散着刺鼻的霉臭。一只狐惊恐地逃离，躲在不远处，放一个响亮的屁。

棺盖被嘎地掀开。围住棺材的村人惊恐地后退，又兴奋地伸长脖子。棺里躺一具白色的骨架。骨架披一袭华美的长衫，长衫上开着大朵的牡丹。那牡丹随风飘舞，变成一只只色彩绚丽的蝴蝶。一霎间，长衫和蝴蝶都不见了。雨后的阳光让蝴蝶化为烟尘，随风飘逝。现在棺里只剩一具骨架。这个慈祥的骨架，是十几年前的张秀才。

村人向地上啐一口唾沫，慢慢靠近白森森的骨架。他们细细端详，幻想能够发现些什么。

远房叔向队长请示过的。他说，挖我家祖坟吧！队长摆摆手。他说你家上数一百代都是贫农，挖了有屁用？远房叔说谁的有用？队长说南岭村掘的是翰林的坟，北岭村掘的是知州的坟，后泊村更厉害，据说掘了康有为的坟……远房叔说扯淡吧？队长说当然扯淡，康有为怎会死在胶东？远房叔说咱村这么多年，别说翰林知州，连个土匪也不出。就掘我家祖坟吧！队长说不行……掘张秀才的吧！

张秀才也是农民。“秀才”不是学历，而是名字。张秀才在地里抓刨一辈子，最远到七里外的公社赶过集。张秀才死的时候，家境还算殷实，儿子给他打了棺材，请了吹鼓队。那天队长和远房叔都被请去吃喝，那是村子难得的节日。队长说掘张秀才的坟吧！上面问下来，就说掘了一个秀才……谁知道真秀才还是假秀才？远房叔就笑了。他说高，实在是高！

队长和远房叔找到张秀才的儿子。队长说破四旧，得挖你爹的坟。他说拥护。队长说会补给你二十斤玉米。他说多谢。队长说那下午就挖？他说没问题。队长说你不去看看？他就红了眼。他正啃一只灰菜窝头，噎住了，脖子上蹦起一条青筋。他说我能去看吗？把你爹从坟堆里挖出来，你会去看吗？队长就拍拍他的肩，表示安慰，然后和远房叔离开。队长对远房叔说下午我们早些去，说不定能挖出个金元宝什么的。远房叔的脸膛即刻涂抹了彩霞。远房叔说，妙哉。

远房叔从人堆外往里挤，他看到咧着嘴笑的骷髅和咧着嘴笑的队长。那时远房叔很生气，因为亲如兄弟的队长没有遵守诺言。队长半蹲下身子，细细研究那个骷髅。他说张秀才现在怎么这模样？村人就笑了。似乎他的话很风趣。队长说好像屁也没有。村人齐说屁也没有屁也没有。队长说那埋了吧？村人齐说埋了埋了。队长失望地挥挥手。锄耙锨镢一起动作，黄沙飞扬。

远房叔说，且慢。

队长的权威受到挑战，他回了头，不满地看远房叔。远房叔走到骷髅近前，问队长，你看他嘴里，是不是含一个金元宝？队长的脑袋就以很快的速度凑近了骷髅。他离得非常近，仿佛要和骷髅耳语。突然他大叫起来，是金元宝！这个张秀才，坏透了！说完，想去抠。

远房叔说，且慢。

队长被远房叔推个趔趄。刚想发作，远房叔就把四齿粪叉对准他。队长说你想干嘛？远房叔说不能抠，可能有尸虫，咬上会死人的。队长说尸虫？……你把粪叉对着我干嘛？远房叔不理他。他盯着骷髅咧开的嘴巴。他说，这元宝，铜的吧？

凑上一群脑袋。

队长说当然是铜的。张秀才到哪儿弄金的？含个铜元宝去地府，也不错了。

远房叔再一次把粪叉对准他。亮晃晃的叉齿让队长后退三步。

远房叔突然扔掉粪叉。他把手迅速插进骷髅嘴里。元宝花生米般大小，闪着生硬的黄橙光芒。他伸出两根手指去捏。他兴奋得浑身发抖。

他惨叫一声。手刚碰到元宝，骷髅就咬住了他。骷髅的牙齿齐整，动作又准又狠。那一刻，所有人都感到一种深渗骨髓的恐惧和悲凉。

远房叔在原地嗷嗷蹦跳。孤零零的骷髅晃动着，挂在他的手上。骷髅咬得紧，表情狰狞。远房叔开始在山坡上狂奔，一边跑一边甩着他的手。他绝望瘆人的嚎叫让所有人头皮发麻。队长和村人一齐跪下，朝缺了脑袋的骨架磕头。那个下午诡异无比，转眼间，太阳变成椭圆形的紫色。

远房叔终于甩掉了骷髅。骷髅旋转着滚下山坡。远房叔瘫倒在地，狂吐不止……

几年后，远房叔终于扛不住胶东农村的饥荒，闯了关东。前几年回老家，跟我说起这事，目光依然惊悚。

后来呢？我问。

后来张秀才的头骨找到了，和身子合二为一，又下了葬。可是那个元宝，却不见了。全村人天天找，也找不到。

你看错了吧？或许根本没什么元宝。

有元宝。远房叔肯定地说，我的手指分明捏住了它。不会错。

我感到一丝凉意从脚底爬上来，直冲脑壳。我想那个下午，肯定会让所有的村人，终生难忘。

远房叔喝一口烧酒。他慢悠悠地说，我们可以逼迫活着的人就范，可是逼迫不了死人啊！

像感叹，也像总结。

巢

城分成东城和西城，中间马路相连。东城高楼林立、商业发达，西城则基本保持了老城区的原貌。那条小街安静地躺在东城一角，小街上有一个理发店，一个杂货店，一个花店，一个蛋糕店，一个药店，一个饭店，一个干洗店，一棵树。

小街上行人稀少，尽头是一个村子。那也许是城市里最后一个村子，因为濒临灭绝，所以有了价值。有人说村子五十年之内不会被拆除，连同这条作为附属的小街。小街和村子是城市里的另类，它们安静详和，鸡犬相闻。

傻子就住在小街上。确切说，傻子就住在小街的树上。树是柳树，有很粗的主干，在距地面一人多高的位置，分出三个强壮的枝杈。晚上傻子侧卧在三个枝杈间睡觉，呼噜震天。

最开始傻子并不住在这里。十几年前他住在东城，那时的东城和一个大村落没有什么区别。晚上他睡在柴草垛里，他认为柴草垛暖和得就像一个美好的火炉。某天有推土机悄悄地铲起那个柴草垛，那天傻子惊惶地逃走。后来傻子住进一个破旧的祠堂，可是没几天推土机就跟了过来。傻子一点一点地后退，推土机一步一步地追随，到最后，傻子想进城讨饭，需要步行二十多里路。最后傻子不得不搬到了东城。东城人少，街道宽敞，傻子很是满意。可是推土机很快逼近，它推倒一座座房子，又在原地盖起一座座一模一样的房子，傻子听人说那叫翻新。——就像宋朝人翻新秦长城，就像明朝人翻新宋长城，等等。这道理傻子不懂，这道理傻子也不想弄懂。可是傻子没有住处，每一天他都惊慌失措。

傻子终于发现那棵柳树，柳树给傻子一种亲切感和安全感。他在柳树下铺起破烂的棉絮，扯起挡雨的塑料纸，甚至垒起两块石头当成吃饭的桌子。傻子把这里变成一座城堡，他是城堡的君主或者居民。可是两天以后，他的城堡就被人无情地摧毁。摧毁城堡的是两个穿着制服的人，傻子站在不远处战战兢兢地看，待他们离开，傻子才敢放声大哭。当天晚上傻子就爬上了树，傻子睡在树上，他认为树上比树下安全，他感觉树上是世界上最舒适最美妙的地方。那时已是秋天，傻子认为城市里的四季一个模样。

偶尔会有人来惊扰傻子。在夜里，他们喝高了酒，站在柳树下呕吐或者方便。傻子从树上跳下来，朝他们嗷嗷怪叫。傻子说不准弄脏我的院子！那些人就乐开了。院子？他们醉熏熏地笑，这城市哪里还有院子？

制服们早知道夜里傻子睡在树上。他们驱赶过几次，可是傻子很快就会不屈不挠地返回。于是制服们不再理他——反正是在夜里，反正是在树上，反正城市美丽的夜景并不计较一棵树和一棵树上的一个傻子。

可是有人计较。她是一位女孩。几天前她盘下了柳树对面的杂货店。晚上她站在柜台里，抬头，就能看见昏黄路灯下的柳树和昏黄柳树上的傻子。傻子光着膀子穿着裤头蜷着身子打着呼噜，他的睡姿无比放肆。

女孩对她的男朋友说，夜里柳树上睡着人。男孩说，是个傻子。女孩说，你让他离开。男孩说，他又没惹咱。女孩说，可是他让我不舒服。男孩问，他怎么你了吗？女孩说，没怎么我我也不舒服……明天，你找个猎枪，把他像鸟一样给打下来。

男孩深爱着女孩。自己的爱情和傻子的巢穴，他当然会选择前者。不过男孩既不会找个猎枪把傻子像鸟一样打下来，也不会像制服们那样瞪起眼睛恐吓傻子。男孩大学毕业，他认为自己有着很高的素质和智商。男孩想了一夜，第二天果然有了办法。

下午他找来一些剩油漆和一把秃了毛的扁刷，趁傻子不在时，在树干上涂鸦一番。他躲进女孩的小店，耐心地等待着傻子。黄昏时傻子迈着正步唱着歌儿归来，他在距柳树几米远的地方愣住。傻子盯着柳树看了很久，突然嚎啕。他跑上前，搂抱着树干，忧伤地亲吻着古老干裂的树皮。然后他跟柳树告别，转身离开，一路泪水挥洒。

……树干上画着一个白色的圆圈。圆圈里写着一个白色的汉字：拆。

芒　种

小满过后是芒种。芒种，该种庄稼了。

却没有庄稼。土地被炮火翻起一层，又翻起一层。焦土上散落着弹壳，弹片，水壶，断臂，炸烂的脑袋，凌乱缠绕的肠子。

远方，有河。河套里，有芦苇。那里不是战场，芦苇半人高，连成了片。

山子趴在芦苇丛中，听潺潺的水声。他感觉自己就要死了。他受了伤，白森森的腿骨上，落几只贪婪的绿蝇。他抬手去轰，却轰不走。他就不轰了。他不敢碰自己的骨头。

山子是被打散的。两天前，山子拖一条伤腿，钻进芦苇丛，就一直躲在里面。他听见远处有队伍打过去，几小时后，再有队伍打过去，半天后，又有队伍打过去。终于，枪炮声稀下来，直至沉寂。却不敢爬出去。山子搞不清楚，现在，这里是红区，还是白区？

离他不远处的芦苇在动，有节奏地，窸窸窣窣，窸窸窣窣。

山子端起枪，闭上一只眼。

手指扣紧扳机。身体绷紧成弓。

山子没有开枪。枪膛里只有一颗子弹。山子一直在等。他不敢开枪。芦苇丛很密。他不知道对方是谁，自己人，还是敌人。他终于发现对方的脑袋，看清对方的军装。几乎同时，对方的枪口，几乎顶上他的脑袋。

山子还是新兵。

两个人近在咫尺。他们狠狠对视着。对方的枪，几乎触及山子的眉心；山子的枪，几乎碰到对方的牙齿。山子牙关轻颤，听到的却是对方沉重急促的喘息。山子恐惧到极点。他想扣响扳机。可是他想起家乡的妻子。这么近的距离，两个人，必将同归于尽。

山子不想死。他没有开枪。

……

山子集中意志，盯着对方的脑袋。那脑袋变得模糊，又变得清晰，变得很大，又变得很小，变得很近，又变得很远……太阳渐渐毒热起来，山子的神志开始恍惚。好几次，他的面前，突然翠绿一片，火红一片，金黄一片，漆黑一片。

山子决定同归于尽。

他扣着扳机的手指，慢慢加着力气。

对方突然笑了。扔下枪。

那一霎间，山子想扣响他的枪。他认为自己是胜利者。他甚至看到对方的脑袋爆开，溅出红和白的血。可是他的手指突然僵直，不能弯曲。

对方爬到山子面前，他说，咱们都不是打仗的材料。

山子的枪，顶着他的嘴。他的口水，将枪口打湿。

他伤得很重。一条腿肿得很粗。溃烂处流着腥臭的脓液，爬着密密匝匝的蛆虫。

他从山子面前爬过去。爬几步，停下，解开干粮袋，留下一块饼。他说，谢谢。然后，继续爬。

山子的枪，始终瞄着他，直到他彻底消失在芦苇丛。

那块饼，救了山子。

……

几个月后，打扫战场的时候，山子再一次发现他。他的头歪着，脖子上，两个并排的枪眼。身上到处都是血。血已凝固。他像个千年的陶俑。

那两枪，也许是战友打的，也许是山子打的。冲锋号响起的时候，山子和他的战友，没一人受伤，他们不需要饼。

山子想起他爬走时，还说过一句话。

他说，今天芒种，咱们该回家，种庄稼了。

山子就哭了。

立　秋

一个排对一个班。黄昏的时候，马排长率剩下的十几个兵，包围了房子。

房子里还有三个人。一个班长，两个兵。对方剩下的全部。

马排长朝房子喊话，快投降吧！你们！

回答他的是一颗子弹。子弹打中马排长掩身的石头，激起一缕尘烟。射中石头的子弹拐了个弯，斩下一棵野菊的头颅。

马排长骂一句，娘的！转头，向两个兵使了眼色。两个兵搂着枪，匍匐前行。他们像两只灵巧的水蛇，爬过一条深沟。然后，同时蹿起。

一个兵的脑袋突然缺了一半。只剩一半脑袋的兵端着枪，继续前冲。马排长闭上眼。面目狰狞。

活着的兵扛回他的尸体。一颗褐色的眼球挂在他的嘴角，随着他的身体，轻轻地晃。兵的脸上糊满红红白白的黏液，绚丽如花。

快他娘投降！别打啦！马排长哭着朝房子喊话。命令变成哀求。

没人理他。几颗弹花再一次在石头上激起尘烟。

又有两个兵冲上去。一个兵抱着枪，一个兵抱一捆手榴弹。抱枪的兵很快被打倒。他在地上剧烈地喘息，一只手胡乱地抓。

另一个兵把手榴弹，塞进了窗口。

没来得及撤，手榴弹又被推出。兵的躯体霎间撕成红的碎片。马排长身边，落下一只抖动的血手。

……马排长冲了上去。他没带枪。他“之”字形前冲。他抱一捆手榴弹。一颗子弹打飞他的帽子，把他的头，犁出一道粉红的渠。

马排长感觉肩膀被咬了一口。灼热的一口，像射进一只滚烫的牙齿。

牙齿嵌进了骨头。马排长冲到了窗口。

他把一捆冒着青烟的手榴弹推进窗口。

手榴弹被推出来。

马排长再推进去。

就炸了。声音很沉闷。房子晃了两下。世界刹那间安静。

马排长和他的兵，冲进了房子。

到处散落着残肢断臂。好像，几秒钟前，这里不是战着的三个人，而是三十个人，三百个人。

马排长看到唯一一个完整的人。活人。暂时的活人。活人趴在地上，地上拖一团粉红的肠子。

马排长被重重击了一下。他晃了晃。他说三弟是你吗？

活人笑笑。

马排长摇晃着跑过去。他蹲在地上，抓起那团肠子往活人肚子里塞，他说你怎么不说话？刚才你怎么不说话？你怎么不喊？

活人笑笑。活人说，我瞄准你了……打偏了……

马排长说，三弟！

活人笑笑。活人说，哥，照顾好娘。眼就闭上了。

马排长不说话。他疯狂地往豁开的肚子里塞那团肠子。他塞啊塞啊，总塞不进去。

打了一天仗，马排长仍觉得冷。特别冷。

眼泪未及流出，已经结成坚冰。

那天，是立秋。

……

马排长没有照顾好娘。几年后，他随很多人，一起逃到台湾。这边有他的三弟，他的娘，他看得见他们，可是走不回来。

马排长住着豪华的大宅，密不透风。却总是冷。从皮肤，到骨头，直到心。

他说，他的生命，永远停在立秋那一天了。

冬　至

想不到，黄掌柜竟敢回到黄家大宅。

他是一个月前逃走的。夜里，黄掌柜带着家眷，逃得无影无踪。几天后，鬼子打过来，一遍遍烧抢杀，把黄土镇细细地筛。

黄掌柜是开药铺的。他只给鬼子留下一个空空的宅院。现在这个宅院，驻着十五个鬼子。

远远地，黄掌柜走来，朝看门的鬼子兵作一个揖。鬼子兵举枪向他瞄准，黄掌柜不睬，继续作揖。

他被带到鬼子官龟田面前。龟田说你家人呢？黄掌柜说，遇匪，人财皆亡。龟田说这里的人都跑了，你怎么还敢回来？黄掌柜说，天大地大，仅此是我家。龟田就笑了。他说你没有家了。也好，正缺个做饭的。

五十多岁的黄掌柜脱掉长衫，给鬼子做饭。鬼子猴精，顿顿饭，盘盘菜，个个馍，碗碗水，都要黄掌柜先来两口。一会儿，没事了，鬼子才肯放心吃。

黄家大宅靠着公路。每天，来一辆鬼子车，下来一拨人，在黄家大宅歇歇脚，吃顿饭，擦擦枪，呜哩哇啦一阵儿，再上鬼子车，冒一溜烟，走了；刚走，又来第二辆鬼子车。

黄家大宅成了鬼子的临时补给站。

黄掌柜只等冬至。

冬至前一天，下了雪。暴雪。百年不遇。雪掩了公路。公路多坡，多弯，奇窄，奇险。那天鬼子车没来。黄家大宅，只有十五个鬼子。

夜里，游击队偷袭了黄家大宅。只有五个人，三杆老汉阳步枪，三个木柄手榴弹。游击队打死站岗的鬼子兵，冲进大宅。可是他们很快被围，被鬼子像靶子一样瞄着打。

五个人，只逃出去一个。院角多出一个梯子。他攀梯上墙，跳进黑暗。鬼子追出去，人已不见了。

鬼子兵拉出黄掌柜。黄掌柜安静地看着龟田，腮帮子一动一动。

龟田说，你准备的梯子？

黄掌柜说，是。

龟田说，你和游击队串通好了？

黄掌柜说，是。

龟田说，我们可有言在先。

黄掌柜说，是。

龟田说，我们开始？

黄掌柜说，好。

龟田挥挥手，叫来一个鬼子兵。龟田说，挖出他的心肝。

鬼子兵提一把刺刀，逼向黄掌柜。

龟田说，挖！

四个鬼子兵按住黄掌柜，一个鬼子兵弯腰，扒开黄掌柜的衣服。鬼子兵将刺刀轻轻一拉，黄掌柜赤裸的肚子上，就翻开一条滚着血珠的白色口子。血很快涌出，染红鬼子兵的手。鬼子兵扔掉刺刀，一双手捅进黄掌柜的肚子，仔细地摸捏。黄掌柜高声嘶喊，我操你祖宗！声音凄厉凄惨。鬼子兵凝神，猛然拔出双手，那手里，蓦然多出一只血淋淋的人心，一只血淋淋的人肝！

鬼子兵把心肝递给龟田。那肝冒着丝丝白气，那心还微微地跳。龟田接过，看了，说，去炒了。老规矩，都要吃。

第二天，鬼子车开到黄家大宅的时候，那里只有二十具尸体。十五个鬼子，四个游击队员，一个黄掌柜。

……

鬼子投降后，黄家大宅被拆。拆墙时，有人从一块青砖后面，扒出一张发黄发脆的纸片。

纸上写一方子。镇上的老人说，这是黄掌柜的笔迹。

懂医的人看了，大惊失色。说，照此方配制，便是天下奇毒。服食后，毒很快渗入心肝并存留于此。此毒只需一点点，便可置人死地。天下无解。

方子下面，只有两字：冬至！

木 枪

那些年月，一切都那样荒诞不经。

唐宋被枪毙过一次。他和另外两人跪在那里，脑后顶了乌亮的寒枪。子弹蹿出枪膛，打着呼哨，霎间将两只脑袋撕成碎片，绽出焰花般绚丽的七彩。死掉的两人是唐宋的同事，一秒钟前，他们的眼睛还瞪着血色黄昏，一秒钟后，那眼睛就不存在了。它们在空中撞击出金属般明亮的脆响，然后迅速消逝。

唐宋从朝鲜战场回来，工作了几年后，就开始了噩梦般的生活。他不停被人审问，拷打，批斗，躯体和信仰像麻花般被人扭来扭去。他和另外两名同事成了罪恶滔天的坏蛋，罪状闻所未闻。有人在桌子上摞起很高的砖头，让唐宋站上去，厉声问他，说不说？正迷惑着表情，砖头被人蹬倒。他从高高的桌子上訇然跌落，鲜血糊住了脸。人们把砖头重新摞好，再强迫他站上去，喝他，说不说？唐宋便嚎啕了。说什么呢？唐宋嘶喊，你们让我说什么呢？

他们被关了半年。半年后，拉上了刑场。

行刑的战士中，有一名是唐宋的亲侄。亲侄端着枪，把枪口对准唐宋的后脑，和另两名战士一样威武。那枪口一直在抖，唐宋想回过头，递给亲侄一个大度的微笑，可是他的脖子僵硬，身体风化成石雕。然后枪就响了，两名同事面朝下扑倒在地，身体急速抽搐。唐宋被架起来，拖着往回走。有人对他说，你好幸运啊！

三支枪，两颗子弹，唐宋挨了空枪。据说是上面的意思。三个人必须毙掉两个，留下一个。留下的人继续交待可能被遗露的问题。行刑者并不知道自己的枪里有没有子弹。他们更像是在玩一个抓阄的游戏。他们抓到有子弹或者没子弹的枪，唐宋们抓到了生命或者死亡。这些都是传说，即使多年以后，也没人能说清楚唐宋为什么能从刑场上活着回来。对于这件事，唐宋说他是不相信的，因为这太过荒诞，即使是在那样的疯狂岁月。这只是其中的一个版本，当然还有另一个版本。

另一个版本是亲侄告诉唐宋的，他说那次本来就没打算枪毙唐宋。他领到的枪，其实是一只木枪。木枪平时被民兵们用来操练，遇到枪毙这样的事，就会拿出来壮威。木枪和真枪一模一样，除了不能发射子弹。他领到了木枪，他知道自己的叔叔只是被陪毙。——陪毙是那个年代的独特产物，是对人的心理承受力最残忍和最致命的打击。后来他把木枪拿给唐宋看，那时历史已经硬生生刹住了车。把它挂在墙上吧！亲侄对唐宋说，民兵解散，我要来了木枪……您留着它……那段可怕的历史……

唐宋摸着木枪。木枪以假乱真，冷冰冰的，曾经顶在他的后脑。唐宋说假如这是真枪，假如这枪里有一颗子弹，你会不会开枪？亲侄说这事不能假如，我顶着您脑袋的，本来就是一只木枪。唐宋说我知道是木枪，我只是假如。亲侄说如果是真枪的话，我想我下不了手。唐宋轻轻笑了，他说吃饭吧。桌子上摆满了酒菜，亲侄常常去唐宋家喝酒，带来大包小包的礼品。

唐宋知道亲侄不吃一切红色的东西。红辣椒，番茄酱，红鲤鱼，螃蟹……他会狂吐不止。

唐宋知道亲侄有很严重的失眠，夜夜睡不着觉。好不容易睡着了，却是噩梦连连。

唐宋知道亲侄得了绝症，一天比一天接近死亡。

现在亲侄躺在医院里，大夫说他不可能熬过今天。唐宋站在床头，握紧亲侄的手。

白发人送黑发人。唐宋送的，是他的亲侄。亲侄曾经用一只枪，顶住他的后脑。

亲侄说叔叔，你肯原谅我吗？

唐宋说当然，那不过是一只木枪……甚至我可以，原谅那段历史。

亲侄说是的，那只是木枪。它打不出子弹。

唐宋说我知道。你不要自责。木枪杀不了人。

亲侄说我走了。

唐宋说好。

亲侄就闭上了眼睛。表情是微笑的。唐宋仍然握着他逐渐冰冷的手。

唐宋回了家，从墙上摘下木枪，折成几段，塞进院角的煤炉。煤炉的火焰猛然蹿起，像一只伸向天空的蓬勃抽象的手。

老伴说你疯了？

唐宋说我没疯……其实木枪也能杀人。

老伴说木枪杀死了谁？……如果没有这只木枪，你早死了。

唐宋笑笑。他说多年前顶住我的，其实并不是木枪……打了这么多年仗，真枪还是假枪，我还是能够分出来的。

请求赦免

战鼓起，兵勇们越过国界。等待我们的是山崖上数以千计的弓箭手，我们中了埋伏，伤亡过半。

我是众多兵勇中的一员。将军说我们只是诱饵。我们的任务是将敌方的主力引诱出来，将我们尽情屠杀，然后放松警惕。这时我们左右两翼的主力就会强渡过河，以铁钳之势给他们致命一击。将军的话说得虽然委婉，但是我们都明白，我们的任务，其实就是送死。我们只能进，不能退。

我的朋友一个个倒下。他们没有将士的盔甲，没有突围的战马，没有撤退和进攻的命令。他们所拥有的，只有等待屠杀的生命。一支箭射中阿三的嘴巴，又从后脑勺穿出来。箭尖上滴着血，映出我恐怖变形的脸。阿三是一位英俊的少年，他只有十七岁。阿三爱上邻村的姑娘，他说打完仗就娶她为妻。昨晚在帐子里，阿三和我赌钱。他赢了很多，他知道那绝不是一个好兆头。阿三想输，可是他总也输不了。阿三搂着那一堆钱，一直哭到后半夜。现在阿三死去，世上不会再有他的哭声。

弓箭手们射完最后一支箭，悄悄退了回去。他们的主力仍然不见，我们的计划没有得逞。我们得到原地休整的命令，后方派快马为我们送来只够维持一天的粮食。我问将军粮食为何这样稀奇？将军回答说，你认为一个人在临死之前有必要吃太多吗？他说得有道理。我们即将死去，不该浪费太多金贵的粮食。

第二天天刚亮，我们就迎来更为惨烈的一战。对方的弓箭手重新爬上山崖，数量是昨天的十倍。他们一边轻松地聊着天，一边把我们像靶子一样瞄着打。他们展开比赛，射中太阳穴十环，眼睛九环，鼻子八环，嘴巴七环，脖子六环，身体五环……我们把盾牌围成一圈，人坐在里面，唱起悲壮的歌。我想我们即将死在异国他乡，我们的死毫无价值。也许他们根本没有主力，也许他们的全部主力，只是一万多名站在山崖上的弓箭手。

突然我听到美妙的炮声。山崖的弓箭手突然被我方炮火炸得血肉横飞。我们的铁骑终于杀了上来，他们在炮火的掩护下，向战场纵深不断推进。弓箭手被霎间消灭，敌国的大门向我们敞开。我挥舞着长矛冲锋陷阵，现在我变成一名英勇的马前卒。坐在马上的是一位抡着双锤的将军，我的任务是保护他和马的安全。两天后我们摧毁了敌人的第二道防线，那里尸横遍野，满目疮痍。

敌人的防线一点点收缩，一步步后退。我们的弓箭手呈一字形排列，箭射出，多如牛毛。弓箭手的任务是射杀面前所有人，不管是士兵，还是百姓。终于我们攻临敌国的都城，那是他们最后的防线。

我们搭起云梯，开始攻城。我们的弓箭手射出一支支火箭，城楼被烧成黑色的炭；我们的发石器将巨大的石块甩上城楼，将守城的士兵砸成肉饼；我们的土炮瞄准城墙一角不断开火，直到把城墙轰出一个个缺口；我们的战车和兵勇不断地从那个缺口冲进去，又不断地遭受到强有力的阻击。我们的士兵一批又一批全军覆没，一批又一批疯狂地冲上去。那是极其惨烈的战斗，守城的勇士，直至战到一兵一卒。

最后一名士兵被我们砍死，我们冲进了城。城中尸体纵横，血流成河。我保护着我们的将军，闯进了皇宫。我看到皇帝站在花丛间瑟瑟发抖。

将军轻轻地对我说，杀了他。

我点点头，将长矛刺过去。却并未刺中他的咽喉。最后一刻我刹住了长矛。一位仕女突然从花丛间闪出。她用身体护住了皇帝。

我愣住。我认识她。她是被掳去的我的情人。我一直深爱着她。想不到现在她成了敌国皇帝的仕女。

我说，你让开。

她说，除非你把我杀死。目光中充满坚毅。

我只好转身，请求身后的将军将她赦免。我说她只是仕女，这场战争，并不是她的过错。

将军说是这样。可是现在，要杀掉狗皇帝，只能先杀掉她。

我再一次对她说，你让开。

她说不可能。现在我既是仕女，又是贴身保卫。死在吾皇前面，是我的职责。

我只好再一次对将军说，如果你一定要杀死她，那么，我只好自杀。

将军说，即使你自杀，也必须在自杀前先把她和狗皇帝杀了。这是命令。所有的战争都是这样。

是的。这是命令。所有的战争都是这样。我必须服从。我含泪将长矛刺穿她的喉咙，她在倒下的霎间，喊了我的名字。我知道她依然爱我。

杀她，在一个黄昏。在黄昏的城市里。城市的小区里。小区的凉亭里。凉亭的石桌上。石桌的棋盘上。两位老人端坐，摆开楚河汉界。他们用一顿饭的时间完成了对弈，而我们的战争，足足延续了两千年。我只是一名黑卒，她只是一位红仕。我们没有过错，我们只想相爱。可是有些事，我们做不了主。

两千年的简单游戏，结果无非有三：胜，败，或者平。棋盘上的战争带给对弈者无穷无尽的快乐，可是他们永远不会理解，一位兵卒或者仕女的痛苦。

请求原谅

我杀死了我最好的朋友。是大胡子让我杀死他的。我必须听大胡子的。我没有主见。甚至，我没有拥有主见的权力。

只因为一个很小的磨擦，一个只需一句话就可以解开的芥蒂。大胡子把手枪递到我手里，说，开枪。我扣动扳机，朋友就倒下了。他抱着我的腿，嚓嚓地啃咬着我的皮鞋。尽管紧闭了眼睛，我仍然可以看见他血流满面的样子。子弹击中了他的眼睛，他的眉骨和鼻梁都被击碎。他躺在地上喘息，痛苦地恳求我再补上一枪。我把枪举起，却被大胡子摁下。大胡子说不能让他死得这么早，我们得让他多受些折磨。朋友是在第二天清晨死去的，那时我已经身在逃亡的途中。

我剪平了头发，剃掉了胡须。我戴上眼镜，说着生涩的普通话。我躲到宾馆或者古刹，新疆或者河南，名山或者大川，纽约或者乌兰巴托。到处都是机警的警察，他们悄悄地跟在我的身后，腰间的手铐哗啦啦响。在大胡子的遥控指挥之下，我总能够在关键时刻化险为夷。他让我免去了牢狱之灾，我得感谢他。

常常想起朋友的眼睛，常常想起他的眼睛被我的子弹在霎间击得粉碎。然后从梦中醒来，我一身冷汗，浑身战栗。屋子里大多时暗了灯，我不知道自己是在宾馆还是古刹，新疆还是河南，名山还是大川，纽约还是乌兰巴托。好几次我几乎崩溃，好在，在逃亡的途中，还有她。

那么美丽多情的女子。那么温柔善良的女子。她有娇小的身子和嫣红鲜嫩的唇，她的身体总是散发着青草的迷香。大胡子把她送给了我，大胡子总是这样善解人意。我们扮成兄妹，以此来躲避隐藏在周围的多疑警醒的目光。我们同居一室，却只能小心翼翼地保持着看似安全的距离。

后来我爱上了她。再后来她爱上了我。这没有什么不好，这太过正常。可是我们仅仅可以眉目传情——大胡子严厉地警告过我，既然我们化装成兄妹，就应该有兄妹的样子。

大胡子的眼睛无处不在。

终于有一天，她壮着胆子吻了我。我说我们是兄妹。她说，我们不是，我们是情侣。我说可是大胡子说我们是兄妹。她说，现在大胡子不在。

于是大胡子出现了。当我们的唇分开，我发现，大胡子正坐在房间的沙发上，笑呵呵地看着我们。

大胡子说，现在，你该逃亡了。

我说，现在我想恋爱，现在我不想逃亡。

大胡子说可是你必须逃亡。现在你必须扔下她，一个人继续逃亡。然后你会在逃亡中遇到第二位朋友，你们有了过节，你将他杀死。再然后，你遇到另一位美丽的姑娘……

我问他，为什么要这样？

大胡子说，没有为什么。观众需要就是所有的原因。说话时他手里拿着一个厚厚的本子。他身上的马甲有无数个口袋。

我说，可是你知道吗？我杀死了我的朋友，我和相恋的人不能够相守，这对一个人来说，实在太过残忍。这样的剧情，也实在太过庸俗和无聊。

大胡子笑了。他说我知道这很残忍也很庸俗和无聊，可是我有什么办法？这是电视剧，我们是为那些充满猎奇心而又忙于生计的观众们准备的。

既然忙于生计，那么剧情岂不是更应该加快节奏？

不。正因为这样，所以我们需要拖沓，需要不断地绕圈子，需要不断地用爱恨情仇来吊起观众的胃口。这样他们即使漏掉中间几集，也没有太大的关系——剧情不会因此中断，前后衔接天衣无缝。

你是说，其实他们只需要年初看一集开头，年末再看一集结尾，就可以了？

就是这个意思。

假如他们连开头和结尾都因为生计的奔忙而错过了呢?

那也没有关系。明年我们还会重播。

那么，你，我，演员，导演，观众，所有人，似乎都在做着一件毫无意义的无聊的事情。

可以这样说。大胡子导演点点头说，所以，我想请求你，请求所有的演员，请求所有的电视观众们原谅。

尽管他满脸诚恳，可是我知道，这或许也是一种高超的演技。甚至，这句话的本身，也是整个剧情的重要组成部分。

不过，当你不小心看到这部由我主演的电视剧的时候，我还是想，请求你的原谅。

轮　回

他熟稔地从树干上滑下，钻进洞穴。他用两块石头互相撞击，笨拙地燃起一摊火。是清晨，火苗照亮赭红色的洞壁，险些烧到他的草裙。他匍伏在洞口，眼睛瞪得雪亮。忽然他打起兴奋的呼哨，石斧陡然划一道凶狠的弧线，准确击中一只野羊的头颅。野羊惊恐地翻一个跟头，狂奔而去。他爬起，拾起石斧，紧紧追随。他一边跑，一边把石斧在一块很小的石头上反复打磨。他试图在石斧上，磨出一个锋利的刃。

他追出森林，眼前的城池豁然开朗。野羊一蹦一跳，闪进森严的大殿。这时石斧变成铜斧，闪烁着耀眼的黄橙光芒。大殿里香气氤氲，歌舞撩人。有人身穿华丽的长衫，将一张地图缓缓展开。突然匕首闪现，长衫人扔掉地图，手持匕首扑向威严的帝王。大殿中乱做一团，叫喊声乱成一片。野羊乘机再翻一个跟头，逃出大殿。他无声地追出去。手中的铜斧，已经幻为锋利的宝剑。

野羊在繁华的城邑中狂奔，他加快脚下的步子，穷追不舍。他不知道为什么要追赶这只羊，好像，追赶和屠杀的本身，已经成为全部。不断有身披铠甲的武士从他的身边经过，不断有逃荒的农民发出悲怆的哭声。远处有一队人马杀过去，又有一队人马杀过去。到处是鲜血和火光，哭喊和饥饿，硝烟和瘟疫，起义和镇压。他的宝剑优雅地飞出，再一次击中野羊的头颅。野羊回头看他一眼，抖动粉色的唇。他知道羊笑了。

他的衣衫精干。他行走如飞。可是他追不上那只羊。他和羊穿越城市，把诗歌和瓷器留在身后。他们来到草原，到处绿草如茵。可是芳草和鲜花很快被疯狂践踏，野兔和狐狸仓皇逃离。他知道这是天下最精良的部队。他们有着强壮的兵卒和战马，有着杀伤力极强的弓箭和长矛。他们有一位目空一切的强大首领，他们有一统天下的豪迈和雄心。他们所过之处，满目疮痍。一面旗帜飘起来了，半空中，呼啦啦响。

野羊不断回头，却从来不曾停下。好几次他手中的长矛几乎刺中羊的身体，到最后，却总是被它灵巧地闪躲。野羊将他带到海边，那里的战船已经燃烧。炮弹像冰雹般落下，击起白色的海水和红色的火焰。惨叫声和呐喊声此起彼伏，那是壮烈并绝望的调子。头插羽毛的将士面目狰狞，拳头紧握。他停下，端起枪，瞄准野羊，扣响扳机。羊警惕地跳跃，再一次冲进繁华的都市。

是正午，太阳悬挂天空，就像红色的剪纸。一辆电车从城市中心驶过，将影子扔上正在搭建的脚手架。城市是红色的海洋，动荡并且狂热。雄壮的歌声在城市上空轰鸣，震落毫不设防的云雀。然后城市归于平静，所有人都在反思和感叹。再然后，城市又一次变得狂热，人们疯狂地涌上大街，夸张地释放心中的压抑和苦闷。

沙漠里有蘑菇云升起，天空中有飞机掠过。蹴鞠变成足球，球场上山呼海啸；旗袍变成迷你裙，所有的道德都被推倒重来。汽车就像甲虫，楼房好似森林。男人的头发披散至肩，女人的头发五彩斑斓。鸽子们聚集到广场，森林变成荒漠。有人说，诗人仍然活着，诗歌早已身败名裂……

野羊带着他，穿越一个个顶天立地的广告牌。他的领带飘在身后，像跟住他的一个标签。各种肤色的人聚集到一起，惊恐不安。太阳明晃晃地照着，一切都在解冻，一切都在变质和发霉。天空中飞过一艘奇异的船。他知道，那只船必将抵达遥远。那叫星际殖民，或者叫星际移民。一回事。

似乎到处都是烈焰。一眨眼，又似乎到处都是坚冰。野羊奔向野外，那里有幸存的森林和草原。他再一次用长枪将它瞄准，试图扣响扳机。却发现，那枪，早经变成一根长矛。他将长矛狠狠甩出，长矛软弱无力地飘向野羊。他不知道为什么要追赶这只羊，他其实并不需要。好像，追赶和屠杀的本身，已经成为终极目的。

世界并没有毁灭。他和羊再一次回到繁华的城邑。身边是金戈铁马，远处是飘扬的战旗。楼房变成茅屋，足球回归蹴鞠。诗人们站立起来，却无力吟诵忧伤的诗歌。野羊敏捷地跨越一个个尸体，幸存的百姓们，换上朴素的粗布衣衫。

野羊逃进宫殿，宫殿威武森严。身着长衫的人还在，他将手中的匕首像标枪般掷向满头是汗的帝王。王移步闪开，一剑挥下。血光闪，长衫人仰天长啸。

是黄昏，野羊回头再笑，逃进森林。低头看，长矛幻为铜斧，光泽正在流失。他在丛林中狂奔。他必须用铜斧将野羊杀虐。突然他被绊倒，铜斧扔出很远。扔出很远的铜斧发出清脆的响音，碎成不规则的两半。跑过去看，那不过是两块普通的石头。

是夜晚。林中刮起疾风，吹起他破旧的草裙；天空划过流星，扯出暗紫色的尾巴。现在他失去唯一的武器。现在他必须放弃对羊的追杀。可是羊停住了。羊转过身来。羊再一次笑了。羊低下头，冲向他。羊锋利的犄角，恶毒地瞄准他的胸膛。

他终成羊的猎物。他转身逃遁。羊什么时间学会了复仇，他不知道。他只知道，自己必须爬上一棵树，才能躲开一次致命的攻击。

他爬上了树。他在连成一片的树间不停跳跃，如履平川。他摸摸自己的脸，那上面，长满密密匝匝的长毛。

他并不惊慌，只剩下痛苦和悲伤。

官 人

官人两位，一姓田，一姓卫。两位都是厂长，田是正，卫是副。工厂不大，集体企业，生产钓鱼竿。旧厂房满足不了新形式需要，春天的时候，工厂就迁到了市郊。那里山清水秀，鸟语花香。

却离市区太远。因为太远，职工们上班就很不方便。运气好的，坐一路公交车，半小时后也就到了；运气不好的，中间就得转车一次或者两次。离厂最远的职工，上班和回家，都得坐两个多小时的公交车，很麻烦。

卫厂长就跟田厂长商量，能不能买辆厂车接送职工。田厂长说厂子刚搬迁，哪有闲钱？卫厂长说可是工人们实在太辛苦了。田厂长说那也没有办法。要不给他们每人每月补助一百块钱？卫厂长说那还不如买一辆厂车。田厂长说可是厂子实在没有钱呐！卫厂长说要不先贷点款？田厂长把头摇得很坚决。他说，肯定不行！

两个人争执起来，谁也不肯让步。最后，田厂长无奈之下，只得同意了买厂车，并且把事情交给卫厂长去办。当然没有贷款，只从财务拨出一点点钱。卫厂长用这点钱买了两辆二手客车，又雇了司机，厂车就开起来了。

却并不顺利。那两辆厂车几乎天天坏。即使不坏，速度也比公交车还要慢许多。工人们怨声载道，好几个人宁肯坐公交也不肯乘厂车。几个月后，田厂长招开了职工代表大会。他问你们愿意乘坐这样的厂车，还是愿意每人每月补助一百块钱？职工们自然愿意选择补助一百块钱。于是田厂长当场拍板，从此以后，每名职业到了月底，都可以多领一百块钱交通补助。至于那两辆厂车，田厂长说，先闲着吧，总比天天送钱给大修厂强。

卫厂长还有话要说，田厂长就拍拍他的肩膀说，我看了看，你买的汽车，都快到报废期了。便宜没好货，以后注意些。他的话几乎把卫厂长顶一个跟头。

工人们月月领钱，心情舒畅。他们认为田厂长真是为职工着想。

年关将近，工厂有两件事要办。一是县里要评先进企业，选出三十家候选单位，鱼竿厂榜上有名。这就需要工厂在剩下有限的时间里，有一个新的形象；二是工厂要进行民主选举，重新选厂长。偏偏这时产品销路出现问题，田厂长和卫厂长天天忙得不可开交。

那天下班后，田厂长跟卫厂长商量，要不咱也整辆厂车接送职工？卫厂长说厂子财务很困难，现在咱们要把钱用在刀刃上。田厂长说可是职工们实在太辛苦了。卫厂长说他们每个月不是有一百块钱交通补助吗？田厂长说那也不如买辆厂车好。卫厂长说可是实在没有钱呐。田厂长说要不先贷点款？卫厂长说我认为这件事还是应该放一放，现在产品销路是件大事。田厂长当时就火了，他说我认为职工生活才是大事。这事我已经决定了。

田厂长就去银行贷了款，一下子购买了四辆豪华客车。职工们坐上去，一个个乐得合不拢嘴。后来田厂长再一次召开了职工代表大会，问每个月的交通补助该不该收回来。职工们当然全力反对。田厂长大手一挥说，那就先不收回了！

几天后，工厂果真被评上了县先进企业。有人说，那四辆豪华大客车起到了不可忽视的作用。

又几天后，工厂进行了民主选举，重选厂长。田厂长和卫厂长都是候选人，结果自然是田厂长再一次当选。

满票。

往　事

娘赶集去了，她把大庆关在家中。大庆也想去赶集，可是娘不让。娘说小孩子赶什么集？三跑两颠的，早晨吃那点饭不全都颠没了？娘说你在炕上别乱动，尽量少钻茅坑，实在憋受不了再去，这样最省粮食，粮食多金贵啊。娘说你在家里等着，如果供销社有卖冰棍的，就给你买一根。娘说你爹晌午要回，看好锅里的菜团，你爹回来要吃。娘说都记住了吗？大庆说都记住啦！娘你千万别忘买冰棍。大庆看娘用缺了齿的木梳蘸着豆油，把头发梳得又光又亮。那木梳上积满黑色的灰垢，放到鼻下闻，又酸又臭。

娘捏着五分钱，从集东转到集西，从集西再转回来，再从集东转到集西，手里还是五分钱。娘把五分钱捏到滚烫，烫得她几乎捏不住了。娘把钱换到另一只手，手指肚上，就留下一个清晰的印痕。那印痕中间写着五分，周围有饱满的麦穗环绕。娘看看麦穗，咽一口唾沫，叹一口气。

大庆两手托腮，坐在窗前想爹。爹被大队派去修水库，娘说他晌午能回。大庆觉得爹越长越像爷。爹的胡子都长出来了，爹的皱纹似乎比爷的还深。这时柴门嘎吱一声，大庆伸长脖子，却没有看到盼望中的爹。来人叫横财，大庆叫他叔。

横财缩着脖子，蹭到炕上。他讨好地摸摸大庆的头，他的手上全是血口。大庆说娘去赶集了。横财说知道，我给你捉了蚂蚱。他把蚂蚱放到炕沿，轻轻弹一下蚂蚱的屁股。蚂蚱受到惊吓，拼命往前蹦。可是它的两条后腿早被横财掐断，所以它只能悲壮地做一下蹦跳的姿势。大庆看看蚂蚱，没去动它。他说娘赶集回来，会给我捎一根冰棍呢。横财说这我也知道。大庆问你怎么什么都知道？横财说我还知道你家锅里肯定有菜团子。

大庆吓了一跳。他说那是娘留给爹的，爹去修水库，晌午回。横财说我不吃，我去闻闻。大庆说闻也不行，会把香味闻跑的。横财说你看这蚂蚱多好。大庆说你给我蚂蚱也没用，我不会让你闻。横财说那我看一眼行吗？大庆说，不行。横财嘿嘿笑，从怀里掏出一只木头手枪，慷慨地递给大庆。他说你不是早想要吗？专门给你刻的。大庆说你要看菜团才给我手枪的话，我就不要；你不看菜团也给我手枪的话，我就要。横财说拿着吧。我不看了。

大庆紧攥手枪，爱不释手。他把手枪瞄准横财的脑袋，嘴里发出一连串嘭嘭的声音。横财再摸摸大庆的头，可怜巴巴地说，我都两天没吃饭了。

大庆说你十天没吃饭也不关我的事。娘让我看家，我就得看好。

横财倚着炕沿一团乱蓬蓬的旧棉絮，无精打采地看玩得起劲的大庆。他看了一会儿，自觉无趣，就慢慢下了炕，说，我走了大庆。大庆说走吧。想了想，又说，就让你看看吧。只准看一眼。

横财掀开锅盖，人就哭了。他盯着两个乒乓球大小的黑色菜团，浑身开始了颤抖。大庆在炕上喊，你闻完了吗？横财不出声，慢慢抓起一个菜团，慢慢凑近鼻子。大庆说你快点闻，闻完快点盖上锅盖。横财说，好。却突然张开嘴，一个菜团就不见了。

大庆是扑过来的。他扑过来抓横财的手，挠横财的脸，用木枪疯狂地击打横财的下巴。他说吐出来吐出来快吐出来。横财当然不会吐出来，他又抓起另一个菜团往嘴里塞。他的牙齿相撞，发出很响的喀喀声。鼻涕眼泪糊满横财一脸，他把它们全部抹进嘴里。

大庆在横财身上打着无奈的秋千。他的鼻涕眼泪流得比横财还多。他说娘回来要打我的！他说你说过只看一眼的，怎么说话不算数？他说你吃了爹的菜团，爹回来会杀掉你的。大庆说娘啊快回来啊横财叔把爹的菜团子都吃了啊！

横财一直站着不动。后来他冲大庆笑，笑纹里亮晶晶一片。他说开始我只想看看……后来我只想闻闻……再后来我就忍不住了……你不用怕，这事不关你……我和你一起等你娘，等你爹……我会好好跟他们说……大庆你别再哭了……大庆，别用枪戳我的脸……

可是他还是逃走了。他跟大庆说要去茅坑，偷偷溜掉了。他走得很快，低着头，抹着脸上的血，表情尴尬并且痛苦。

娘没有带回传说中的冰棍。娘说路太远，带回来也会全部化掉。娘说完话就去掀锅盖。娘掀开锅盖的一刹那惊恐地叫了一声，那声音深深烙进大庆的记忆。后来她操起一根棍子，把大庆往死里打。大庆说是横财叔吃了！娘一边打他一边说，不是让你看好吗？大庆说我挡不住他，他吃起菜团像一条疯狗！娘说那我就打死你这个没用的！大庆说他吃就吃了他是我亲叔啊！娘又一棍抡过去，大叫，他是你亲爹也不行！棍子打断了，清脆的断裂声把娘吓了一跳。娘抱起大庆，号啕大哭。

大庆从此落下病根。看到蚂蚱，就浑身发抖。

多年后大庆进城，在一个工厂干钳工，每到周末，横财都要请他吃饭。那时横财已是一家五金商场的经理，他开着轿车，接上大庆，直奔酒店，好酒好菜点一桌子。他不吃，坐在一旁眯着眼抽烟。

他说那两个菜团子真香啊！那样的年头，村里只有你和你娘，是两个好人。

大庆回老家，把他的话告诉娘。娘瘪着嘴说，那是我不在家，那是你不懂事。好人？如果我正好在家，如果你懂些事，咱们还是好人？

大庆想，也对。他是个好人，只因为那时，他还是个孩子。

与欧·亨利的约会

你喝一碗辣椒水的同时掐住自己的脖子，再轻轻抚摸故人曾经用过的物品，然后口中念些咒语，就可能见到那些亡灵。当然这咒语不便公开，否则这个世界就将乱了套。不过我想说的是，能不能见到你想见的故人，除了掌握上面这些诀窍，运气也很重要。

那天我的运气就出奇地好，因为见到了欧·亨利。一位短篇小说写得相当棒的美国人，一位被众多小说家神化了的作家。我能够见到他，还得归功于我的锲而不舍。我去了他所生活的小镇，在他可能出现过的酒吧里不停地喝辣椒水不停地掐脖子不停地抚摸能够见到的所有东西。小镇上古老的酒吧已经不多，酒吧里古老的酒具更为少见，所以，我的艰辛，你完全可以猜想得到。

在见到他之前，我已经见过了十八位强盗，三十位牛仔，八位政府官员，两位牧师，一位银行家和十二位妓女。他们全都生活在欧·亨利那个时代，他们全都是那个时代的风云人物。在见完第十二位妓女以后，我几乎有了放弃约会欧·亨利的想法。可是不甘心失败的我决定最后一试。我摸了摸一个破旧的高脚杯，口中念念有词，于是欧·亨利出现了。

当然是他。我见过他的照片。我不会搞错。那时我的兴奋之情，难以言表。

我拥抱了他。他的身上有一股奇特的烟草气味。我拉他坐下，我说，我找了您好多年。

他说这并不奇怪。全世界的人都在找我。

我说那咱就开门见山。我找您，只因为我的创作进入到一个低谷，我想问问您的那些作品都是怎么写出来的？我指的是素材，您是如何挑选您生活中的一些素材并最终拼凑成文？

欧亨利耸耸肩，他说你能不能先帮我要杯红酒？

我抱歉地笑。我竟忘了给这位伟大的作家要上一杯红酒。

欧·亨利端起酒杯，一饮而尽。他把空酒杯递给我，问，能不能再来一杯？我说当然可以。就又给他要了一杯。我想我已经跟他学到一些什么了——一位伟大的作家，一次要喝掉两杯红酒，而不是一杯。

欧·亨利慢慢地喝着他的第二杯酒，问我，你刚才问什么来着？

我重复了刚才的话。

欧·亨利笑笑说，这个简单啊，记住四个字就行：爱、恨、情、仇！

我说不对吧？我读过您不少作品，好像并不是这样。

欧·亨利再笑笑说，那是过去。现在，离开了爱恨情仇，你写出的作品还有人看吗？没有人看，你又如何成为一位伟大的作家？

我想了想，觉得他说得很对。于是就开始问他第二个问题，那么，您如何能把这些素材拼凑到一起，成为一个不朽的作品？

欧·亨利又要了一杯酒。他一边喝一边说，还是四个字：煎、炒、烹、炸！

这样我就感觉不太对劲了。好像欧·亨利不是作家，而是一位中国的厨子。又不好多问，因为看得出来他的时间非常紧张，只好匆匆忙忙把他的话记在本子上，容以后慢慢思考。

那么，人物对话怎么安排？

四个字：说、学、逗、唱！

结尾呢？

还是四个字：油、盐、酱、醋！

这是什么意思？

就是要有味道！油味、盐味、酱味、醋味！

我越听越糊涂。我觉得面前的欧·亨利高深莫测。现在他不像一位中国厨子，倒像一位道骨仙风的深山高僧，说出的每一个字，都是那般深奥。虽然令人费解，不过我想我还是学到了很多。

欧·亨利已经喝掉了五杯红酒，他目光迷离，站起来要走。我急忙拦住他。我说欧大师请留步，我还有最后一个问题要请教您。

我说您知道吗？您老人家仙逝以后，您的作品就飘洋过海，来到了中国。中国人是非常欣赏您的小说的，特别喜欢您的小说结尾。现在有很多人都在学习您的这种独特的结尾，并把这类结尾，统称为“欧·亨利式”的结尾。现在我想问，您认为大家的小说都用了“欧·亨利式”的结尾，好，还是不好？

欧·亨利站在那里，不解地看着我。他说什么“欧·亨利式”结尾啊！说白了，不就是你们中国传统相声里面的“抖包袱”吗？

我说那倒是。不过作家们却没有把这种结尾称为“抖包袱”，而全用了“欧·亨利式”这个词。是这个词本身显得有文化吧？您认为呢？

欧·亨利说我哪里懂这些？这事你还是问欧·亨利本人比较好。

去问欧·亨利本人？您不就是欧·亨利吗？我吃了一惊。

他再一次笑了。他说，我可不是欧·亨利。我也不懂文学。我不过看过他几篇小说而已。其实，我只是你见到的欧·亨利时代的第十九位强盗。

我气坏了！他喝了我五杯红酒，竟不是欧·亨利！原来刚才他说得什么爱恨情仇煎炒烹炸说学逗唱油盐酱醋全都是在拿我开心！我说您既然不是欧·亨利，为什么要耽误我这么长时间？

他说我为什么要骗你？——我如果不骗你，你能请我喝五杯红酒吗？

他说的也对。那十八位强盗三十位牛仔八位政府官员两位牧师一位银行家和十二位妓女哪一个喝过我一滴酒？想到这里我就觉得自己有些势利眼，感觉不好意思了。

这个强盗一边往外走一边说，其实你今天也没有白来。你想想，你今天遇到的事，是不是一个“欧·亨利式”的小说？这样的结局，又是不是一个“欧·亨利式”的结尾？

我想想，说，您说得好像也有道理。

这时他已经走出很远。可是他的笑声却在我的耳边响起。他说，这叫什么“欧·亨利式”啊？不管我是不是欧·亨利，这都明明是在“抖包袱”嘛！

所以，我想，只要我试图把这个故事写出来，不管他是不是真的欧·亨利，我都没有办法制造出一个“欧·亨利式”的结尾。因为欧·亨利已经故去了，“欧·亨利式”的结尾，也就跟着故去了。我们对他所有笨拙的模仿，都会令他耻笑。

小 玉

小玉在等她的男人。小玉马上就能见到她的男人。她很紧张。

她翻出那件碎花对襟小袄，慌乱地穿了，对着镜子红起了脸。送走男人那天，她就是穿着这件对襟小袄。记得柳絮在风中飘摇，一朵朵沾了她的脸颊和红袄，又一朵朵被他轻轻摘掉。她问你啥时回？他说打完仗就回。她问啥时打完仗？他说应该很快。说话时他们站在树下，保持着很远的距离。那年她十八岁，身体就像葡萄，饱满剔透，挂着露珠。她说那我等你回来。他说好。就走了。她的话，算不上承诺吧？她看到他的背包打了漂亮的结，他在柳絮中越走越远。

他再也没有回来。

可是小玉在等，死心塌地。战争就要打过来了，娘想带她离开村子。娘说过几天，炸弹就会炸平我们的村子。她不走，抱着院子里的香椿树，哭得死去活来。她说他回来找不到我，会伤心的。娘说可是你们没订亲的。娘说过几年天下太平了我们再回来。娘说你不走会被炸成肉末的。娘说活着重要还是等他重要？夜里她和娘收拾了家什，离开了村子。她们一直往北走，直到一颗炮弹在她们头顶爆炸。她将娘草草掩埋，然后挺了胸脯，一直往回走。她再一次看到了村子，再一次看到了草房。她走进草房，生起灶火，给自己煮一锅香喷喷的稀粥。然后她睡着了。她看到他站在面前，轻轻为她摘掉一朵柳絮。她看到柳絮不停飞舞，飘到了硝烟弥漫的战场。她看到战场上的他抱一杆扭了麻花的枪，咬着牙向一架飞机瞄准。她看到飞机在低空盘旋，像一只饥饿的秃鹰。她看到从秃鹰的腹部甩出一颗颗炸弹，眨眼间将村子炸成废墟。她看到她从废墟里爬出来，抖落身上的土，咧开嘴笑。

她醒了。她的村子真成了废墟。她在废墟中微笑着等他。

她一直等他。在一个人的村子，在一片荒野，在战争中等他。几年后村人回来，村子再一次有了轮廓和规模。在夜里，她的门前站着一个个痴情的后生，他们和她，都在等待自己的爱情。她不知道自己等了多久，她不知道自己还要等多久，她不知道自己还能等多久。她决定等下去，她认为这一切天经地义。

有关他的消息，不断传进她的耳朵。有人说他战死了，脑袋被子弹劈成两半；有人说他当了官，留在城里，早有了家室；有人说他在山西跑盲流，脏兮兮得像一条狗；还有人说他死在归来的途中，尸体被野狼撕成碎片。说什么她都信，说什么她都不信。她只知道自己必须待在村子，守着自己。否则，他回来，会找不到她的。

门前的后生们越来越少，终于，所有人都失去耐心。后生们长出胡须，然后将皱纹，抹了一脸。

她不知道自己到底等了多长时间。一天，两天，十天，一年，两年，十年，还是一百年？

终于，她听到他的消息。

……一颗子弹钻进他的脑袋，将他的记忆全部抹去。他知道有一位姑娘在等他，可是他不知道那位姑娘到底是谁。战争结束了，他进了城，分到了房子，却是独身一人。夜里他把自己的头发一把一把往下薅，仍然不能够将她从记忆里翻出。直到半个月前，一位村人在那座城市的公园里见到了他。村人说你记得小玉吗？他摇摇头。他甚至不认识面前的村人。村人说你怎么能忘记小玉呢？送你去当兵的小玉啊。他仍然想不起来。可是他知道那个叫小玉的，肯定是等他的那位姑娘。他忘记了小玉。他忘记了她的名字，她的声音，她的眉眼，她的身材。他忘记了有关她的一切，可是他没有忘记自己的爱情。

他决定去找她。

村人带回来的消息让小玉战栗不已。等待终于有了结果，她却变得惊慌失措。好几天她什么事情也不做，只躺在床上胡乱地想他。记忆中他留了平头，左脸长一颗英俊的红痣。他的语速很快，却很清晰。他的眼睛不大，却如朗月般明亮。他身材魁梧，那腰，总是挺得笔直。

小玉拿了头梳，仔细地梳理头发。她的头发一丝不苟，那是十八岁的发型。她在唇上点了口红，看了看，又轻轻抹去。那颜色太过娇艳，她怕他不能够将她认出。

她慢慢地走出院子，来到村口。她想他这时候应该下了汽车，正急匆匆赶往村子。她没有想错。她看到他了。他朝她走来。他走得很快。他的眼睛，仍然如朗月般明亮。

突然胸口痛起来。很痛，那里面有一双撕裂一切的手。她的视线开始模糊，她的世界天旋地转。——她的心脏病坚持不懈地纠缠着自己，终在这一天爆发。现在她想她终于要死去了。连同对他纠缠不清的思念。

她慢慢地倒下。他来到她的面前。他盯着她看了很久。他蹲下来拍她的脸。他喊一声，小玉！她笑了。现在，她可以安静地死去。

男人离开小玉，时间 1945 年。男人再一次见到小玉，时间 2007 年。1945 年和 2007 年，一样的柳絮飞扬。八十岁的小玉，将永远活在春天。

壮　士

100 米决赛，只需保住一枚银牌，他所代表的城市的奖牌数，就会跃居第一。并不仅仅是一个名次的概念，这代表着许多实实在在的东西。100 米是最后一项赛事，那是他们最后的超越机会。

他当然有拿一枚银牌的实力。

发令枪还没有响，他就冲了出去。是抢跑。他受到裁判的警告。气氛变得骤然紧张。

教练告诉他，银牌，一定要拿到手。拿了银牌，你就成为城市的英雄；拿不到，你就是城市的罪人。可是现在，站在起跑线上，他认为自己必须第一个冲过终点。第二名，银牌，对他来说，毫无意义。

没有商量的余地。只能如此。

发令枪第二次响起来。他第一个弹出去。他像一只神鹿。像一阵疾风。像一道闪电。像节奏极快的说唱或者音乐。周围山呼海啸，可是他听不见任何声音。他的眼睛始终盯着终点的那根红线。那根线离他越来越近，越来越近，仿佛伸手可及……

突然有人从身边超越。是实力最强的那个对手，有着令人难以置信的冲刺能力。现在他落到了第二名。他和第一名，只有小半步的距离。他调整着自己的节奏，拼尽了全身的力气，试图重新夺回第一名的位置，可是他办不到。小半步，将成为第一和第二的距离，金牌和银牌的距离，天堂和地狱的距离。

其实，他的任务，不过是一枚银牌。有了银牌，他就是英雄。可是他知道，今天，他必须最先碰触那根红线。第二名对他来说，注定是一场灾难。

终点向他奔来。那根红线向他奔来。可是他和第一名，仍是小半步的距离。对手即将撞线。他即将崩溃。

最后一刻，他扑向终点。他向那条红线，伸出了两手。

他抓住了那根代表胜利的红线。他把它抓得很紧。抓紧红线的刹那，他重重摔倒在地。他飞快地爬起来，一瘸一拐跑向摄像机。他兴奋得满脸通红。他挥舞着那根红线，冲摄像机不停地喊，看到了吗？红线！我是第一名，我是冠军！他的膝盖上流着血，一小块白骨清晰可见。

所有人都惊呆了。人们忘记了阻止他。人们认为他成了一个疯子。整个体育场鸦雀无声，人们只听到他一个人近似于疯狂的呐喊，我是第一名！我是冠军！

理所当然，他犯规了。他被取消了成绩。他丢掉了那枚到手的银牌。他成了城市的罪人。

并且，终点的突然摔倒让他有伤的左腿加重了伤情。虽然他仍然可以跑，但却不再能参加任何比赛。他只好选择了提前退役。

可是他知道，自己必须这么做。

因为女儿。因为他向女儿保证过。

出征前，三岁的女儿坐在妻子怀里，说，爸爸能得第一名吗？妻子说当然能，爸爸就是为第一名去的。他赶紧瞪一眼妻子。他知道自己没有跑第一名的实力。女儿说那我也要去看。他说这可不行，人家不让的。女儿不干，哭闹了半天，哭得他和妻子心烦意乱。最后女儿终于妥协，但是却要他亲口答应她一定要跑第一名。他红着眼睛抚摸了女儿圆圆的脑袋。他咬咬牙，做出一个决定。他说会的。一定会的。我会第一个拿到那根红线。第一个拿到红线的，就是冠军。到时你肯定会在电视上看到。我保证。然后，他躲到洗手间里，嚎啕大哭。

这是女儿最后一次看他的比赛。大夫说，她的病情正在急速恶化，她活不到这个月底。

其实他本该待在家里陪着自己的女儿。可是，城市需要他的银牌。

其实他本该为这个城市夺取一枚银牌。可是，女儿需要他的第一。

所以，他去了；然后，他只能犯规。

他的城市和他的女儿，他选择了后者。

诊

流感说来就来了。好像，城市里每个人都在流鼻涕。这让他的诊所里，总是堆满了人。

诊所不大，靠墙放着两个并排的长凳，人们挤坐在那里，有秩序地，一个挨一个地，等着他开出药方，或在头顶挂一个吊瓶。这场面让他稍有欣慰。他不喜欢有人插队，正如他不喜欢有人生病，尽管，他是一个大夫。

有时他认为自己好像选错了职业。比如现在，他已经忙了一个上午，面前依然晃动着没完没了的病人，这样他就有些烦躁。后来他更烦躁了，因为他看到一个没有排队的女人，身子有些佝偻、头发已经花白的女人。女人紧抱着打成筒的被子，踉跄着慌张的脚步，直接挤到他的面前。他看到女人在皱纹间顽强地挣扎出一双浑浊的眼，吸盘般吸覆着他的脸。女人说，看病，感冒了。声音沙哑。

他皱了皱眉，用手指着长凳上候着的那些人，说，都看病，都感冒了。

女人说，我给你钱。

他的眉毛马上打成结，他说都给钱，这里没有赊账和赖账的。

女人并不理会他的话，她把沾满灰垢的干枯的手伸进自己的胸脯，摸啊摸啊，终于摸出一张皱巴巴的人民币。女人说，孩子感冒了，很严重，你快给他看看。女人轻轻拍打着怀里的被筒，露着焦急和紧张的表情。

女人递过来的，是一张破旧的的两毛钱。他认为这张钱的年龄，应该不会比女人小多少。

女人小心翼翼地揭开包得紧紧的被筒一角，他歪着头，向里面看了一眼。只一眼，他便愣住了。他突然记起有人曾给他讲过的一个故事，他想，也许面前的老女人，就是故事里的主角。

你不要理她。坐在凳子上的一个男人说，我认识她，这附近所有的国营医院和个体门诊，没一个理她的。

他摆摆手，示意男人不要说下去。他轻轻问女人，孩子病得很重吗？

是的，很重。女人说，你快给他看看，他们都不给他看……他很可怜，他整夜咳嗽。

还有呢？他问，他把听诊器小心地塞进被筒。

不吃饭，有时候发高烧……夜里总是哭呢！女人说。

还有呢？他继续问。

就是咳嗽，发高烧，不吃饭，夜里总是哭。女人重复着。

哦，知道了。他抽出听诊器，是感冒，没什么大问题，开些药吧？

不行呢。女人说，他怕苦，他会吐药的。

那打个吊瓶？他说。

不行不行！女人慌忙说，他很怕疼的。

你别理她！坐在凳子上的男人又说话了，还有这么多人等着呢！

你闭嘴！他冲着男人吼。他不知道自己为什么突然变得很激动，你闭嘴行不行？让你等一会儿不行吗?!

男人撇撇嘴，不说话了。

那给他打一针吧。他朝女人笑笑，马上就好，不会疼的。他站起来，把椅子让给女人。他从药架上取下两瓶针剂，仔细看了看标签，摇匀，将封口割开，然后把药液抽进一个小的针管。你抱着他，别让他动，打一针很快的。他一边说着，一边小心地揭开被筒，缓缓将一管药液推进去。不疼的不疼的，他轻哄着。

现在好了。您摸摸看，是不是不烧了？过一会儿，他对女人说。

好像是呢。女人的表情终于平静下来，嘴角有了些笑。

回去的时候，把被子包严实点，别让他受凉。他叮嘱着女人。

那谢谢你了……不过明天我还想来，您再给他做一次复诊，行吗？女人说。

当然行。他收下女人推过来的两毛钱。

以后呢？女人说，我想每个月都来给他看看……他总是有病，夜里咳嗽……

绝对没问题的。他笑着，您什么时候来都行。

女人终于走了，心满意足，脚步也变得轻盈。走到门口的时候，女人回过头来朝他笑笑。笑得他心酸。

他开始给下一位病人开药，挂吊针，他心里想着那个故事：……单身的母亲和十七岁的儿子……儿子缀学打工……摔下脚手架，死去……母亲疯了，每天抱一个被筒，到处找人给儿子看病……她总说，儿子刚满两岁……没有人理她……一个也没有……没有……

他想，被子里包的那个干瘪的、脏兮兮的枕头，应该是她儿子枕过的吧。

他流下一滴眼泪。

他想，不管如何，也得把这个诊所开下去。他答应过女人的。哪怕，他仅剩下女人一个顾客。

粉 刺

从汪丽来办公室那天起，老张就被改变了。确切说改变的是那张脸，以往那脸总是一丝不苟地板着，皱纹拥挤，现在竟有了笑意，皱纹也舒展很多。那笑意配合着刮得发青的下巴，不由得让人联想起一个词：返老还童。

汪丽刚走出大学校门，正是花一般的年纪。并不十分漂亮，身材也有些偏胖。可是她往你面前一站，就让你觉得生活立刻充满了生机。也许是因为年轻吧？老张想，年轻代表着幼稚和冲动，更代表着阳光和快乐。她的出现，让老张回想起自己的青葱岁月。

汪丽是那种大大咧咧的女孩。刚来时，她管老张叫“张科长”，叫了没几天，改成“张老师”，再后来，就变成了“张大哥”。她穿着紧绷绷的牛仔裤，宽大的白汗衫。她的头发柔柔顺顺地垂着，半掩了可爱的脸。她坐在老张对面，淡淡的香水味总让老张打喷嚏。汪丽说感冒了吗张大哥？老张的脸就红了。张大哥？他想，我这年纪能当你叔叔。

有时汪丽去老张身后的饮水机打水，饱满健硕的身体会常常碰触他的后背。每到这时他的心脏就会怦怦地跳。他认为自己有些无耻。

周末大家去歌厅唱歌，也拉老张去。老张说我就别去了，你们年轻人去吧。科员们都知道老张的脾气，就不再劝。汪丽却不。汪丽说张大哥你就去放松一下嘛。老张说我不会唱你们年轻人的歌。汪丽说你可别装老啊！歌厅里什么歌没有？样板戏、京戏、黄梅戏……你想唱什么都行。老张说那别人还不笑掉大牙？汪丽说谁敢？去吧张大哥……你去，我和你对唱。老张还想推辞，却被汪丽拉了手往车里拖。

七八个人在包厢里边喝酒边唱歌，闹到很晚。汪丽要和老张唱“夫妻双双把家还”，老张说换一首吧。汪丽说你不会唱？老张说会倒是会……还是换首别的吧？汪丽就咯咯地笑。她说看不出来张大哥还这么封建。于是就唱了。汪丽的嗓音很好听，老张觉得有马兰的味道。汪丽喝得有些多，软绵绵的身子紧靠着老张，长长的发丝轻扫着他的脸，带给他极舒服的痒。那晚汪丽和老张说了很多话，可是第二天老张一句都想不起来。他只记得从汪丽嘴中散发出淡淡的麦芽香味，让他沉醉。

星期一再见到汪丽，他的脸竟然发红发烫。汪丽说张大哥今天怎么了？老张忙说感冒了感冒了。然后拙劣地咳嗽一声。

那以后老张总盼着周末，盼着能再去歌厅。可是他们却不再聚了。周末下班，鸟兽即刻散尽。老张的心，便有些失落。

那天老张赶一个表格，在办公室待到很晚。汪丽也没走，坐在老张对面玩电脑游戏。老张说你怎么还不回家？汪丽说马上马上。她开始收拾东西，拿一面很小的镜子照自己的脸。突然她大叫一声，声音高亢。老张说怎么了？她说脸上又长粉刺了！老张说长个粉刺这样大惊小怪？我还以为长出了钻石。汪丽说你讨厌……多难看啊！你帮我挤挤。老张说不能挤，别挤出疤什么的。汪丽说一定得挤，我以前都找别人挤，你看我脸上有疤吗？老张就仔细看她的脸。那脸光洁细腻，连毛孔都看不出来。老张说那我就挤了，挤痛了别找我。汪丽说，张大哥快挤吧。

汪丽咬着银牙，脑袋拱着老张的肩，表情痛苦。老张的手哆嗦着，心胡乱地跳……他再一次回到了自己的青葱岁月……汪丽嘘嘘地吹着香气，让他面红耳赤。突然他抱紧了汪丽。他认为她应该不会拒绝。他想她可能会递上红唇。可是他想错了。汪丽轻轻挣脱了他。她的拒绝非常温柔和静雅。等老张反应过来，汪丽已经站到几步之外。她说对不起张大哥你太幼稚和冲动了。然后她就走了。脸上带着那个挤了一半的粉刺。

幼稚和冲动？老张撇撇嘴，一个刚毕业的小姑娘这样批评他，除了让他感到无地自容，还让他感觉好笑。

回了家，上高中的女儿正猫在沙发上看电视。老张说怎么还不睡？女儿说等你呢……帮我挤挤这个粉刺。

老张在女儿身边认真地坐下。他说你以前是怎么挤的？女儿说找别人帮忙。他问找谁？女儿说老师啊同学啊！他问男的女的？女儿说男女都有……爸你问这些干嘛？老张就火了。他站起来，把手提包扔上沙发。他冲女儿嚷，你怎么不学好？

躺在床上的老张翻来覆去睡不着。他认为自己今天晚上，果真有些幼稚和冲动了。他想女儿没长粉刺，汪丽也没长，长了粉刺的，其实是他自己。他摸摸自己的脸，那上面，布满让他踏实的皱纹。于是他笑了。他知道，现在自己平安地度过了第二次青春期。

酒醉的谭哥

六十岁的谭哥，至少可以做我的叔叔。可是我仍然习惯叫他谭哥，他也习惯拍着我的肩膀喊我老弟。不管他在厂里地位有多高，权力有多大，下了班，我们就是哥们，就可以勾肩搭背，喝酒打牌，桑拿钓鱼，拍桌子骂娘。我认为这样很好，少了些官场的腥骚气，多了些江湖的豪爽和亲切。

国营的酒厂，谭哥是副厂长。在这个位置上，他坐了二十多年。现在终于熬到退休了，晚上，谭哥请我喝酒。

谭哥有个毛病，沾酒必醉。醉酒后不睡不吐，却是废话连篇。当然那些废话里不乏肺腑之言，说到动情处，常把酒桌上那帮哥们弄得眼圈发红。然后谭哥再喝，几杯再下肚，又改唱了。他的保留曲目是《骏马奔驰保边疆》，唱得雄壮威武，声情并茂。有时也唱韩国歌曲《多啦叽》，一边直抒胸臆一边手舞足蹈。谭哥像一位民间艺人般在酒桌上表演，引得一桌子人乐不可支。到这时候，大家就知他完全醉了，忙灌他一壶浓茶，然后找人送他回家。

我说谭哥咱今天就别喝了吧，我请你去桑拿。谭哥说桑拿没劲，喝酒！为什么不喝？喝！

就喝。包间的酒柜上就摆着我们厂的星级白酒，谭哥的手指划过去，却没有停顿。最后他挑了三瓶烈性洋酒。我说你开玩笔吧谭哥，咱俩能喝掉三瓶烈性酒？谭哥说怎么不能？喝！

谭哥的酒量我清楚。三两下去胡说八道，半斤下去又唱又跳。可是今天，七八两烈酒灌下去，竟还是一副沉着冷静的样子。他说话不多，只是猛喝。端起海碗似的大酒杯，一扬脖，又是一杯。

我说谭哥你慢慢喝吧，我可得换成啤的，受不了。谭哥说不行，今天你一定得陪我喝，喝到醉。我说为什么偏要喝醉呢？难受着呢。谭哥说不，一定要醉。我他妈二十多年没尝过醉酒是什么滋味了，怀念！我说这怎么可能，以前你不是沾酒就醉吗？话刚出口就后悔了，这等于揭了谭哥的短。我想起谭哥像个小丑般在酒桌前手舞足蹈的样子。

想不到谭哥意味深长地冲我笑笑。他说你以为我真喝醉了吗？你喝醉了也字正腔圆地唱一曲《骏马奔驰保边疆》试试？保准你大舌头！我说我唱歌不用喝醉也是大舌头……你真的一次也没有醉过？

谭哥说当然没有。我敢醉吗？一桌子全是领导，全是直接管着咱们或者间接管着咱们的人民公仆，我敢醉吗？醉了说错话怎么办？你说错话，是年轻冲动，是年少无知。我说错话呢？就成了老奸巨滑，含沙射影。我敢醉吗？没喝醉我都想指着他们的鼻子骂，喝醉了还不得在他们的脑袋上开啤酒瓶？

说话间，谭哥一个人已经喝掉了一斤。他又打开一瓶，想给我倒。我忙用双手遮了酒杯。

多喝点没事，谭哥说，今天没外人，我又正式退了，你骂我两句都没关系，我真的不会生气。谁在心里没骂过领导？谁不承认谁是孙子。一仰脖，又是一杯。

我说谭哥你这酒量也实在了得。可是我弄不明白，你没醉装醉，图个什么呢？

谭哥说你真不明白还是装糊涂？我喝醉了，肯定酒后吐“真言”，他们听了，还不眉开眼笑？平时说什么他们都不信，这时说什么他们都点头。告诉你老弟，有肉麻和奉承的话，只能在酒桌上说，并且一定要在他们认为你喝醉后才说……再说了，你记着，只要是酒局，就得有一个人站出来让别人当猴耍，这样大伙才能高兴，才能尽兴。我不当猴谁当猴？这事，是要自告奋勇的。

我的心里突然生出一些伤感来。我给谭哥倒满酒，说，这么多年可真是苦了你了谭哥。

谭哥说这倒没什么，这正常，还不至于让我很难受。你知道最让我难受的是什么吗？

我忙问是什么。

谭哥说就是馋酒啊！盯着桌子上的好酒不敢畅开了喝，那才真叫难受。其实说白了，我还不如个干建筑的民工。他们干完一天的活，还能捧个酒瓶子喝个底儿朝天。我呢？白天忙一天，晚上陪一群孙子在酒桌上喝酒，馋得口水直流还得装出不能再喝的样子，最后还得被人捏着鼻子灌浓茶水萝卜汤，你尝过这滋味吗？

我说我没有，我是真的沾酒就醉……不过谭哥，你说你二十多年没醉过一次我还是不信，平常没事在家里，你完全可以一醉方休啊！

谭哥唉一口气。谭哥说我是酒厂厂长啊！白天我在酒气冲天中上班办公，晚上我在酒气冲天中喝酒扯淡，除了睡觉的时候，几乎都是酒泡着我，你说我还有心情喝酒吗？回了家，酒虫也跑了，人也累垮了，看了枕头就想倒。还有，只要当了厂长，那家就不是家了，是什么？是第二办公室，是偷偷摸摸干坏事的地方。我喝醉了，迷糊了，有人敲门，谁啊，我小周，你说我怎么办？跟你把真心话往外掏？我说的没错吧老弟？我那家的门槛，几乎被你们踩平了。你去过多少次还能数得清吗？

我不好意思地笑。我觉得面前的谭哥实在可怜。二十多年来，嗜酒如命的谭哥，竟然一边吞咽着唾沫，一边假惺惺地跟别人说“多了多了”，然后摇摇晃晃地站起来，吼一曲《骏马奔驰保边疆》或者《多啦叽》。我想谭哥是伟大的。他的伟大之处在于，能把这样的一个节目，天衣无缝地表演了二十多年。

那天我们菜吃得很少，却把三瓶烈酒全部干掉。我一斤，谭哥二斤。结了账，我扶着谭哥往外走。

不用你扶，谭哥说，还没醉呢！我发现谭哥好像在偷偷抹泪，发现我在看他，忙拍了拍我的肩膀，换成一副大笑脸。谭哥说你知道二十多年几乎天天装醉是什么滋味吗？一个字：痛苦啊！

谭哥说了三个字，所以我认为这次他是真的醉了。我试着松开他的手，谭哥果真一头栽倒。忙扶他起来，发现他的额角被蹭破很大一块皮，正流着血。谭哥却咧开嘴乐了，牙齿一闪一闪。他说老弟，今儿高兴，咱们换个饭店，接着再喝！

谭哥真醉了。他竟感觉不出痛来。可是我没醉。幸福的谭哥从此可以不分时间不分场合地喝醉，可是我不能。一次也不能。

因为谭哥退休了。因为我接替了他的位置。

叫大瘤的孙洱

大瘤其实叫孙洱。可是后来，人们就把他的名子忘了。

大瘤长到六岁，脖子上多出一个小瘤。小瘤呈粉红色，豆粒大，纺锤形，柔软光滑，人见人捏。小瘤越捏越大，慢慢成了大瘤。远处看，总觉得他脖子上多出一个娇嫩的没有五官的小脑袋。爹带他去医院，大夫检查了好几天，最后的结论是：鸟事没有。鸟事没有的他，却从此落下个外号：大瘤。

爹说，大瘤，放羊去；娘说，大瘤，去打些猪草；村里大人说，大瘤，你的瘤又长了；村里小孩说，大瘤，大瘤……要喊大瘤干什么，孩子们并没有目标。没有目标也要喊，他们尽情享受着虐人的快乐。

大瘤乳名叫小洱，学名叫孙洱。爹年轻时下云南，知道那里有个“洱海”，记下“洱”这个字。他把这字给了大瘤，显得他和大瘤都有了文化，比村人高了一个档次。可是，儿你这个瘤啊！爹捏着那个瘤说，都怪你这个瘤啊！

大瘤去村里上小学，爹在他作业本皮上写了“孙洱”。老师拿起来念：孙——，什么玩艺儿？大瘤站起来，小声说，洱。老师先盯着那个字，再盯着大瘤，突然大笑起来。洱什么洱呀，老师笑着说，还是叫大瘤好。老师也是村里人，和大瘤家住得很近。那年大瘤八岁。八岁的大瘤，好像再也没有机会叫孙洱了。

大瘤十岁那年，村里的牲畜们染上一种奇怪的病。先是不吃料，然后慢慢消瘦，到最后，只剩下一副标本似的骨架，躺在地上喘着气，痛苦地等死。大瘤爹养了两头黄牛，死了一头，剩下的一头也站立不稳。爹走了很远，领回一位能掐会算的神人。神人焦黄着脸，指甲里淤了厚厚的灰垢。神人看看牲口，看看爹，看看大瘤，不说话。爹把神人拉到一旁，神人说，你儿子？爹点点头。神人脸色一沉，不，他不是你儿子，他是妖。爹慌了，什么妖？神人说，葫芦妖——你看他长得像人吗——专吃牲畜的葫芦妖。爹再看大瘤的瘤，越看越像葫芦。爹说那怎么办？神人把手掌凑近自己的脖子，一抹。爹说，杀？神人点点头，转身走。爹给了神人一些钱，领他出村。净挑偏僻没人的小路走。

爹回来，并没有杀掉大瘤。他把大瘤关进小黑屋，不准他上学，不准他见人，像饲养着一只羊或者狗。村里牲畜们渐渐有了精神，半年后再一次精神抖擞。被关了半年的大瘤却从此辍了学，每天在村里游逛。他脖子上的大瘤晃啊晃啊，像一个没有五官的脑袋。

后来大瘤有了身份证，身份证上的名子是“孙洱”。再后来大瘤去打工了，带着叫“孙洱”的身份证。可是没几天，矿上人就开始喊他“大瘤”。可爱的人们总会替别人苦想出一个可爱的外号。恰当。确切。无师自通。

大瘤攒了六年钱，终于回了家。爹说大瘤你有这么多钱，想干嘛？大瘤说我想把瘤割了。爹说你盖五间大瓦房吧！大瘤说不，我割瘤。爹说你给你娘治治她的脑血栓吧！大瘤说不，我割瘤。爹说你给自己娶个媳妇吧！大瘤说不，我割瘤。爹说你不割瘤也有闺女争着嫁你，听说你带了很多钱回来，媒婆把咱家的门都挤破了……你割了瘤，花光了钱，谁还嫁你？大瘤说，我一定要割瘤。爹说你总想割瘤干嘛？……你钱够了吗？

二十六岁的大瘤割掉了瘤，的确英俊了不少。村里人再看到他，都觉得怪怪的。爹说大瘤咱们下地吧！大瘤说我没有大瘤了。爹说哦……大瘤你怎么还不下地？大瘤就有些恼。他说我没有瘤了……村里人还叫我大瘤，怎么你也叫？爹说哦……叫叫怕什么，习惯了嘛。大瘤说要下地你自己下吧，我得回矿上……死活我不在村里待了。

大瘤回到矿上，工友们还叫他大瘤。开始他和别人急，急着急着就吵起来，吵着吵着就打起来。打了三次后，就不再和别人急了。工友说该吃饭了啊……大瘤。大瘤说，好咧。工友说该下井了啊……大瘤。大瘤说，好咧。大瘤花掉六年的工资割掉陪了他二十年的大瘤，却割不掉随了他二十年的外号。大瘤觉得这个钱，花得真不值。

煤矿塌方那天，大瘤跟一群人往外跑。可最后他还是被埋起来，身体砸得稀烂。大瘤在医院躺了两个多月，才出了院。他坐在轮椅上，他爹推着他走。大瘤的眼睛看不清任何东西，世界在他面前，一下子变成模糊的轮廓。爹说大瘤你没事，政府会养你一辈子。大瘤说哦……谢谢政府。

发钱那天，爹扶着轮椅，大瘤无精打采地坐着，目光黯淡。桌子上放一沓厚厚的表格，会计拿起一张，照着念一个名字，发一沓钱，把名字勾掉，再拿起下一张。突然会计皱皱眉，他说，孙——，什么玩艺儿？爹和大瘤似都没有听见，面无表情。会计再说，孙——耳？大瘤便惊了一下。他挺挺身子，大声说，是我——我叫孙洱！那眼睛，就放出光来。

上帝的恩赐

荒岛上的土著部落，已经与世隔绝了几百年。

某一天，一个土著在海边捡到一个瓶子。普通的酒瓶，已经飘了很远的地方。土著把它捡起来，靠近自己的眼睛，世界变成一片模糊的淡蓝；他把它放到嘴边，吹一口气，瓶子发出短促且怪异的低吟；他把它迎向太阳，地上于是出现一个很亮很圆的小白点，烤死了一只行色匆匆的蚂蚁。

土著想，这是什么呢？他不认识瓶子。

他把瓶子拿给酋长看，酋长也不认识。但酋长认为这肯定是一个好东西，可以装水，看淡蓝的景物，可以烤死蚂蚁，吹出节奏简单的音乐。特别是瓶子的晶莹透明，瓶子水滴似的小巧造型，立刻让酋长爱不释手。于是酋长用两串贝壳和一个姑娘，跟这个土著完成了交易。

从此，酋长无论吃饭，睡觉，打猎，祭祀，都是瓶不离手。瓶子仿佛成为酋长的代表，酋长就是瓶子，瓶子就是酋长。他从不让别人摸瓶子一下，甚至多看一眼也不行。他的举动无疑增加了这只瓶子的神秘。

有一次酋长在丛林中遇到一条巨蟒，巨蟒将酋长缠得很紧，长长的信子拍打着酋长的脸。酋长慌乱之中拿出瓶子在巨蟒的眼前轻轻一晃，巨蟒竟然松开了酋长，逃走了。

这次的蛇口脱险，让酋长认为，这只瓶子肯定具有一种非凡的神力。

恰逢那几年海岛上风调雨顺，没有发生任何灾难。不仅野果结得遍岛都是，连野兽们也仿佛变得温顺。酋长便指着瓶子说，都是因为这个宝物啊！无疑，这是“上帝的恩赐”。

他不再随身携带这个瓶子，而是把瓶子供奉在一个隐秘的山洞里，派人日夜看守。他说这是“上帝的恩赐”啊！这是“镇岛之宝”啊！从此后，它在岛在，它亡岛亡！

久了，岛上的土著们，也就相信了他的话。

一个普通的瓶子，非常自然地，成为岛上居民的图腾。

后来德高望众的酋长死去，新的酋长和他的居民们仍然继续着对这个普通瓶子的顶礼膜拜。一任任的酋长死去，一代代的土著相传，瓶子的地位便日益攀升。很多年过去，人们不再记得这不过是海上飘来一个物什，而是觉得，这宝物与海岛同龄，是上帝在创造这座海岛时，恩赐予他们的。

终于有那么一天，海上飘来一艘大船。船上的人拿着高倍的望远镜，抽着长长的雪茄，提着乌亮的长枪，操着高傲的表情走上了这座海岛。本来他们只想在这岛上休息几天，但他们马上喜欢上了这个海岛。因为岛上不仅有成片的橡胶林，甚至还有人发现了钻石。船上的人欣喜若狂，在商量了半天后，他们决定把这个海岛，据为己有。

他们用手语与海岛上的土著进行着艰难的交流，他们命令土著们离开海岛，或者成为他们的奴隶。当然，如此蛮横无理的要求当场遭到了土著们的拒绝。于是战争开始了。

土著们的作战工具是弓箭和磨了钝尖的木棍，船上人的作战工具是高倍望远镜和射杀力极强的长枪，所以这根本不是战争，而是屠杀。船上的人只用了一天时间，就基本控制了整个海岛。晚上他们把船泊在距海岛不远的海域附近庆功，他们甚至打开了很多香槟酒，喝得大醉。因为他们知道，明天，只需一个上午，他们就会彻底控制整个海岛。

土著们聚在山洞里，听着酋长的祷告。这是那个供奉着“镇岛之宝”的隐秘山洞，也是土著居民的最后一道防线。酋长虔诚地望着那个瓶子，口中念念有词。突然他转过身，狠狠地说，我们一定要把这群野兽赶走！他指着那个瓶子，他说这是“上帝的恩赐”，他会帮助和保佑我们赶走入侵者的！我们要为岛而战！我们要为“上帝的恩赐”而战！然后他对一直站在身后的四十名精壮的年轻人说，准备好了吗？出发！

四十名年轻人，相当于海岛的“皇家护卫队”，他们有着非凡的作战能力。他们裸着上身，脸上抹着怪异的油彩。他们的箭头上淬了剧毒，耳朵和鼻子上挂着华丽的骨环。他们身体强壮，行动敏捷，树上水下，如履平川。他们更不怕死。假如海岛最终失去，或者他们成为奴隶，那么，他们活着还有什么意义呢？

他们企图利用船上人在夜间的疏忽，进行偷袭。他们想夺下他们的枪和望远镜扔进大海，然后把他们杀得精光。假如行动成功，那么，他们将是战争的最终胜利者。

事实上，一百年前，同样的偷袭，曾成功地上演过一次。

借着夜色，他们跳进海里，从水下悄悄靠近了大船。他们一个接一个爬上了船，奇怪的是，船上的人，竟然浑然不知。

船上人做梦都想不到他们会来。此时，他们正聚集在某一间屋子里，对酒当歌。

这是绝好的进攻机会。

酋长带领着他的四十名战士摸到了门外，他摆摆手，四十名战士立刻做好了攻击的准备。然后酋长把门轻轻推开一条缝，他向里面看了一眼，又急忙摆摆手，四十名战士便蹲下来；他再看一眼，再一次摆摆手，四十名战士便撤退了。

那时酋长的眼睛里，竟然充满了无边的恐惧和敬畏。

同来时一样，他们静悄悄地撤走。船上没一个人知道他们曾经来过。船上人更不会知道，他们曾经距离死亡，只差分毫。

其实酋长只需怪叫一声，船上人就将全军覆没。这不用怀疑。

然而酋长却是带着他的四十名战士，逃回了那个山洞。慌慌张张，似已经大败。

他的举动，令他的战士，更令等在山洞里的土著居民，大为不解。

酋长盯着那个瓶子，仍然是虔诚的表情和语气，他说，这是我们的“镇岛之宝”，这是“上帝的恩赐”。但现在，这恩赐已经救不了我们。以后，我们只能做他们的奴仆。

酋长说，我看到，他们正围坐在一起唱歌，每个人的手中，都有一个“上帝的恩赐”。

酋长说，上帝是不会胡乱恩赐的。那么很明显，他们就是上帝。

白羽

外乡人守着女人，目光在她脸上抚摸。他的喉咙嚓嚓作响，就像冬天里敲碎坚冰。然而却是夏天，夏天，合欢花一树一树，阵阵甜香扑进病房，女人似乎要飘起来了。她歪着头，说，帮我穿上吧。声音就像轻烟。外乡人的喉结动一下。又一下。他说，好。

是一袭婚纱。白得像云，轻得也像云，索索响着，随时可能飞走。婚纱上落一朵血花，干着，像趴伏的紫色牡丹。——却是女人的寿衣。

有人推开门，怔着，小声说，兔崽子回来了。是一位老人，头发花白，皱纹堆积，嘴唇爆裂起白皮。

外乡人说，滚。

老人说我把他锁在家里，用了两条铁链……你随便处置他，杀他十遍，我也不管。

外乡人说，滚。

扭回头，女人已经在合欢花的香甜气息里飞走。脸上仍然挂着浅笑，无名指骄傲地翘着，一枚戒指闪闪发光。外乡人俯下身子，试图闻到女人的呼吸。女人的嘴唇也翘着，又甜又凉。女人一袭白纱，她像盛开的莲。

……女人在婚纱店里挑选婚纱。小镇唯一的婚纱店，八个塑料模特一字排开，国色天香。女人试穿其中一套，问外乡人，好看吗？外乡人说好看……再试试这件。雪白的婚纱衬托了女人纤细的脖子和纤细的腰肢，纤细的手指和纤细的表情。婚纱把女人变成天使，妩媚纯洁。她把手插进外乡人的臂弯，笑吟吟地看着面前的镜子。突然她在镜子里，发现另外一张脸。

一张丑陋的脸。头发遮着眼睛，嘴巴咧成空洞。那张脸只属于猩猩或者疯子。疯子抱住女人，女人吓出眼泪。外乡人挥拳将疯子击飞，铁塔般的身体挡在女人面前。疯子爬起来，手中蓦然多出一把刀子。刀子宽且短，就像一条结冰的鲤鱼。刀子灵巧地绕过外乡人的身体，狠狠咬中女人。女人轻哼一声，仰面跌倒。刀柄微颤，就像鲤鱼拍打着红色的尾巴……

外乡人走进院落，身边抖着锁了铁链的疯子。疯子光着脊梁，身上血痕迹迹。疯子惊惧地盯着外乡人，丝毫不见了几天前的凶狂模样。成群的苍蝇们向疯子发起进攻，他不理不睬，只顾盯着外乡人的手。

外乡人的手里，紧攥着鲤鱼形状的尖刀。

墙角阴影里，坐着头发花白的老人。老人说今天你杀死他，也算为民除害。老人抽着烟，表情飘渺。

外乡人说我当然要杀他……你不知道她在我心中的位置……我们私奔出来，只想有一个婚礼……我与你的儿子，无怨无仇……

他是疯子。老人说。

他得偿命。外乡人说。

两年以前他还不疯。老人说，他喜欢上一个姑娘。姑娘也是外乡人。姑娘来到小镇，几天后和他混熟。姑娘长得很好看，头发很长，眼睛很大。他们选好结婚的日子，一起去婚纱店里挑婚纱。姑娘试穿一套白色婚纱，电话响起来。姑娘接了，愣了，对他说，我走开一下。就走了。再也没有回来。姑娘飞回城里去了。听说来这里以前，她就和一个有家室的男人住在一起。

外乡人说我得杀死你的儿子。

于是他就疯了。老人接着说，他天天守着婚纱店，等待姑娘回来。有人看他可怜，骗他说姑娘偷偷变成了塑料模特。他信了，问，还能变回来吗？那人说，也许能吧。他再问，变回来她会理我吗？那人就烦了，说，如果她不理你，你就自己想办法……原以为他只是守着婚纱店，谁知道他藏了刀子……

外乡人说，我得杀死他。

老人说行，你动手吧。

外乡人逼近疯子，疯子把铁链抖得哗啦啦响。刀锋闪烁着青蓝的光辉，疯子露出绝望的眼神。刀锋继续逼近疯子，疯子缩进角落，惊悚地抱了头。他盯着近前的地面，那里有一群爬动的蚂蚁。

外乡人停下脚步。外乡人站了很久。外乡人走向门外。外乡人在门口站了很久。外乡人重新走进院子。外乡人在院子站了很久。外乡人走到疯子面前。外乡人在疯子面前站了很久。刀锋重新闪起光辉，寸寸寒光将飞舞的灰尘粒粒腰斩。

外乡人终于扔下刀子。他说你的女人走了……她穿走了那件婚纱……她长出一对白色翅膀……她再也不会回到婚纱店了……她让我把刀子还你……她变成了天使……

刀子撞击青石，丁当作响。疯子抱紧脑袋，眼神混沌，表情懵懂。

半年后疯子偷扒了婚纱店的窗户。果然，八个一字排开的塑料模特，只剩七个。

刘大耳朵和他的弟弟

刘大耳朵只有一只耳朵。小时候他和弟弟顽皮，一起掉进了枯井。三九天，冬暖夏凉的井底也成了冰窖。两天后他们被父母救出来，弟弟平安无事，他却失去一只耳朵。是冻掉的。母亲说那时他的耳朵像一块透明的薄冰，撞击着井壁，丁当有声。

剩下的那只耳朵，就疯了似地长。村人说那是他把营养全部供给了这只耳朵。耳朵又厚又长，厚比烧饼，长可比肩。刘大耳朵在村里闲逛，肥墩墩的耳朵摇摇颤颤，就像西行的唐僧。

刘大耳朵一辈子没娶上媳妇。不仅因为他长了一只丑陋的耳朵，还因为他不务正业。

很少有人看过他下地。每天他在村子里晃，或者去村边的小河抓鱼摸虾。他躲藏在草丛中，等洗衣的婆娘们靠近了，猛地蹿出来，丢过去一块石头。石头击起的水花打湿了婆娘们的衣服，她们就扯开嗓子骂，刘大耳朵你这个贱手！刘大耳朵不恼，嘿嘿笑着从她们身边经过，一个猛子扎进河里。一会儿，从水里钻出个只长了一只耳朵的脑袋，手里掐一条半斤重的鲤鱼。

刘大耳朵游手好闲。他这一辈子，都不会有什么出息。

他的弟弟却完全不同。弟弟肯干，肯钻研。他买了村里第一台手扶拖拉机，他在山上栽了十亩果树，他盖了村里唯一一栋小砖楼。有时他劝哥哥说，你也包十亩果园吧。刘大耳朵说有用？他说当然有用，我还不是从栽果树开始的？刘大耳朵想了想，说，不干。再想想，又说，就我这模样，赚多少钱，都不会有女人看上我。弟弟就不高兴了，他说你又没赚过钱，怎么知道女人看不上你？刘大耳朵撇撇嘴说，就算看上了，也是看上钱。不干！

每一天，仍然在村子里游荡。后来他逛烦了，就隔三岔五往镇上跑，晚上醉熏熏回来。一开始村人纳闷，刘大耳朵不干活，哪来喝酒的钱？可是他们马上就搞明白了。他们发现了刘大耳朵偷鸡摸狗的勾当。

一开始，刘大耳朵并不偷什么值钱的东西。村里人放在院子里的锄镰锨镢，挂在院子里的晾晒衣服，都是他下手的目标。那时偷这些东西很容易，院门没插，他大摇大摆走进去，拿了就走。后来村人加强了防范，他的成功率就降低了很多。那时他的胃口也大了，竟然打起粮食、自行车甚至钱包的主意。他偷过几次，都被村人当场抓获。他被暴打过几次，有一次，几个村人把他扭送到镇派出所，可是走到派出所门口，却又放了他。乡里乡村的，都想再给他一次机会。

从此刘大耳朵果然不偷了。没事时，他往弟弟家里跑，坐在沙发上看电视，一看就是一天。弟弟仍然劝他，劝他养鸡劝他养牛劝他栽果树。弟弟说，只要你干，我借你本钱。可他就是不干。这样弟弟就没有了办法，总不能拿刀子逼他。哥这一辈子算完啦！他是在娘面前说下这句话的。那时刘大耳朵正捧着饭碗在院子里吃饭。刘大耳朵一直和娘住在一起。

其实，这之前，尽管兄弟俩的性格截然不同，尽管弟弟常常数落自己的哥哥，可是两个人总还没有太大的矛盾。让他们反目成仇的原因，是刘大耳朵突然偷了弟弟的彩电。

弟弟和婆娘下地去了，刘大耳朵一个人留在家里看电视。中午他们回来，哥哥和电视都不见了。婆娘说是不是哥把电视抱去换酒喝了？弟弟说不会吧？直等到晚上，刘大耳朵才从镇上摇摇晃晃地回来。弟弟问电视是不是被你拿走了？刘大耳朵说是被我借走了。弟弟问哪儿去了？刘大耳朵拍拍肚子，打一个酒嗝，说，在这里呢。然后他从口袋里掏出二百块钱。他说这是剩下的钱，还够喝上半个月。

那天弟弟动手打了刘大耳朵。他不是心痛自己的电视，他是心痛自己的哥哥。他想哥怎么能这样？兔子还不吃窝边草，他怎么能偷到自己的弟弟？

弟弟从此不让哥哥再踏进他的家门。刘大耳朵只好再一次对村里人下手。村子几乎被他偷个了遍。派出所他也进去过几次，每次都是弟弟花钱，把他保出来。尽管弟弟不愿意，可是他没有办法。这世上，刘大耳朵只剩下弟弟和一位七十多岁的老娘。

弟弟以刘大耳朵为耻。他不愿意见到他，谈起他。有时，他甚至对自己的亲哥下了最恶毒的诅咒。

刘大耳朵继续偷鸡摸狗，一连好几年。

那天刘大耳朵偷了两只鸡，被发现，被追着打。追他的是三个兄弟，是村子里的霸王。刘大耳朵仓皇逃窜，跑到了河边。追兵越来越近，刘大耳朵慌乱之下，跳下了河。是冬天，河水虽未结冰，却是冰凉刺骨。刘大耳朵在河里扑腾了几下，就沉了下去。三兄弟拿了扒勾捞，直捞到天亮，才把刘大耳朵从水里捞出。尸体早已僵硬。

弟弟听了哥哥的死讯，很伤心。可是很快他就有了一种轻松的感觉。不仅他，除了娘，村里的所有人都有这样一种感觉。

娘死前，把刘大耳朵的弟弟叫到面前，她说，你不要恨你哥。

他说，我不恨。

娘说，你知道你哥的耳朵是怎么没的吗？

他说，冻掉的。

娘说，不是。你们在井里饿了两天，马上就要饿死了。我去救你们的时候，你哥抱着你，一只耳朵已经没有了。你在他怀里，满嘴是血。你们都昏了过去。

他愣住。他说难道是我啃掉了哥的耳朵？

娘说，不知道。反正我见到你们俩的时候，你满嘴是血，你哥少了一只耳朵。

他呆住了。不敢相信自己的耳朵。

娘说，这事没人知道。你，你哥，村里人，都不知道。也许不是你啃掉你哥的耳朵，也许就算你不啃他的耳朵，也饿不死。

娘的话前后矛盾，让他听不明白。可是他还是呕吐起来。他吐了很久。他一边吐一边哭。他希望这不是真的。

收拾娘的遗物，他发现一个本子。本子是哥哥的，是他读初中时写下的日记。娘不识字，她对所有写有字的纸片，都视若神明。他翻到其中一篇，有这样一句话：

弟弟啃掉了我的耳朵，我的生命中，不再有幸福……

女士香槟

周末，办公室的四个人一起出去吃饭。四人中，小赵小钱小孙是男士，小李是女士。三男一女，饭桌上肯定热闹。

雅间，菜很快上齐。小赵说喝点什么酒？小钱小孙一起说，白酒。小赵问小李，你呢？小李说我不喝酒。小赵说不喝酒怎么行？多多少少得喝点。小李说，我不会喝酒。小赵没理她的话，拿着酒瓶想往她的杯子里面倒酒，吓得小李忙把杯子反扣。小赵不高兴了，说，你这是干嘛？不喝就不喝，把杯子扣过去干嘛？小李说千万别给我倒。小赵说瞧不起哥们？小李说这和瞧得起瞧不起没关系，我从不喝酒。小赵说今天正好破个例。小李说你说什么都没用，说不喝就不喝。小赵说这样吧，给你倒一口。小李说一口也别倒。小赵说一滴怎么样？就倒一滴，你说停，我就停，不停是孙子。小李说一滴也别倒，倒了也不喝。小赵说你怎么这样？小李说，我没怎么样。我不会喝酒。

小赵脸上挂不住了。他坐下，不再理小李，只和小钱小孙推杯换盏。

很快，三个人就扛不住了。于是小钱建议，要不换成红酒吧？白酒喝多了，胃受不了。小赵小孙一起说，换成红的换成红的。

小钱站起来，手里拿着一瓶红酒。他对小李说，今天高兴，还是少喝点吧。小李说，不喝。小钱说这是红酒，喝点红酒对女士有好处。小李说滴酒不沾对女士最有好处。小钱说你怎么这样说话？现在不喝点红酒，那还能算个女人？小李说，就算不算女人，我也不喝。小钱说要不这样，我出个谜语给你猜，如果你猜错了，就喝半杯。小李说，不猜。小钱说那我出个脑筋急转弯吧。小李说，啥也不猜。小钱说不给面子？小李说给面子，但酒坚决不喝一滴。小钱说那就半滴，我给你倒半滴。小李说半滴也不喝。小钱说你今天不喝酒就不准再吃菜！小李说酒我肯定不喝，菜我肯定要吃。小钱说一滴酒就算是毒药也毒不死你啊。小李说我知道毒不死我，但我不想喝。

小钱脸上红一块紫一块的。他坐下，不再理小李，和小赵小孙接着喝。

很快，两瓶红酒被三人喝光。小孙建议，换成啤的吧，红酒太容易醉人。小赵小钱一起说，换成啤的换成啤的。

小孙站起来，冲小李笑笑。他说还是喝点吧，不容易一起出来吃顿饭。小李说你就饶了我吧，我真不会喝酒。小孙说谁让你喝酒了？啤酒还能算酒？小李说算什么我都不喝。小孙说那我喝一瓶你喝一杯怎么样？小李说，不喝。小孙说那两瓶？小李说你快坐下吧，说什么我都不会喝的。小孙说那这样，我代表小赵和小钱敬你一杯，你只要举了杯，能喝多少喝多少，剩下的倒掉我们也绝对不管。小李说，不喝。小孙说你不吃敬？小李说我不喝酒。小孙说信不信我捏着你的鼻子往里灌？小李说那你就灌吧。小孙说你怎么这样？朋友们出来吃顿饭，你怎么好扫大家的兴？小李说我没扫大家的兴，我只是不能喝酒。既然不能喝，既然是朋友，就别强求了。小孙说真不喝？小李说真不喝。小孙说你今天不喝，以后我再也不理你了。小李说不理就不理。不喝！

三个人面面相觑，感觉很没面子。

后来小李去了趟洗手间。小赵说，今天非要她喝一点。小钱说，是得想个办法要她喝一点。小孙说，硬劝肯定不行，得智取。小赵说，她不喝酒，可以给她要一瓶女士香槟。小钱说，在她的女士香槟里，偷偷兑上点白酒。小孙说，等她回来，给她倒一杯兑了白酒的女士香槟。小赵说，妙。小钱说，高。小孙说，群众的力量是无穷的。

小李回来后，小赵小钱小孙他们还在喝啤酒。小赵对小李说，算了，不喝酒，给你要瓶女士香槟吧！小李说香槟也别喝了。小钱说香槟又不含酒精。小李说那也别要了。我喝点茶水就行。小孙说还是喝点香槟吧。大热的天，总喝茶水怎么受得了？……看，早帮你要好了。

小赵打开瓶盖，帮小李倒上一杯女士香槟。小李只抿一口，脸色就变了。她说你们在香槟里掺了什么？小赵小钱小孙一齐说没掺什么没掺什么。小李看看小赵，看看小钱，再看看小孙，突然腾一下站起来，说，你们真无聊！拎起包，一个人怒气冲冲地下了楼。

小赵小钱小孙愣愣地待在椅子上，好半天没反应过来发生了什么事

终于，小赵问小钱和小孙，咱们，很无聊吗？小钱和小孙想了想，然后一起回答，好像是吧……是很无聊。

剃头

春节前，下了大雪。我和满仓缩在屋角，有一搭没一搭地闲聊。

我说满仓回家过年吗？满仓抱一本没头没尾的书边看边说，国外有个人，竟拿菜刀给自己做了阑尾炎手术。我说满仓，我问你过年回不回家？满仓说这家伙还没打麻药，只是嘴里咬一根雪茄。我说满仓！满仓抬了头，额前的抬头纹张牙舞爪。我说你过年，回不回家？满仓好奇地盯着我，回家？这模样能回家？

“这模样怎么不能回家?”“你说带什么回家？还像上次一样带两瓶矿泉水?”“你少往脸上贴金。你上次灌的是自来水。你就骗你爹有本事。”“那我爹还直说好呢。他早想尝尝城里的自来水。是我，实现了他这个心愿。”“真不回家?”“肯定不回。你回不回?”“我也不回。”“就是嘛，省下路费，咱俩还能喝点酒。”“不是省路费，是根本没有路费。”“你说那个外国人怎么能拿菜刀给自己做手术?”“哪国人?”“巴西人。”“扯淡。巴西人不用菜刀。过年咱俩干什么满仓？大年初一也出去捡垃圾?”“肯定不出去。过年咱俩喝酒。他是用剪刀割的吧?”“他用什么割的关你屁事？雪该停了吧?”“停不了。天气预报说，这雪要下半个月。”“真他娘的。那咱俩吃什么呢满仓?”“吃什么？喝风吧!”

雪果真下了半个月。我和满仓像两只冬眠的熊，每天躲在屋里，不安地舔自己的爪子。雪掩埋了城市的马路，城市的冻青丛，城市的垃圾箱，城市的肮脏和繁华。后来雪终于停了，我们再一次看到冻僵的太阳。那天正好是年三十，我说满仓咱们还出去吗？满仓说不出去了。我说明天呢？满仓想了想，他说明天再说。

我们掏出所有的钱，满仓算了算，说，有酒有肉，挺丰盛。我揣着钱往外走，却被满仓喊住。他说你买了酒菜早点回来，给我剃个头。我说这是理发店的事吧？满仓说我还有钱去理发店吗？我说可是我不会剃啊，在农村我连羊毛都没剪过。满仓说很简单，横平竖直就行了。我说我怕手一哆嗦，连你的脑袋都剃下来。满仓说你可真啰嗦。快去快回，给我剃头！

我没有快去快回。我把钱分成三份。一份买了几瓶白酒，一份买了一些酒菜，一份买了半只烧鸡。我蹲在路边，一个人把那半只烧鸡吃得精光。怕满仓闻到酒味，我没敢喝白酒。不过我还是喝掉一瓶啤酒，尽管我认为啤酒有一股猪食缸里的味道。天很冷，啤酒更冷，我的身体不停地抖。我边抖边吃，边吃边抖。有人从我面前走过，碰翻站立的啤酒瓶。一滴水从高处落下，正好砸中我的眼角。我讨厌那滴水，它看起来像我的眼泪。

回去时候，天已擦黑，街上响起稀稀落落的鞭炮声。我提着两个方便袋，推开门，就看到一只怪物。

怪物长着满仓的样子，脑袋像一个足球，像一只绿毛龟，像一堆牛粪团，像被剥皮的土豆，像被摔烂的茄子或者冬瓜。怪物满脸碎发，一双眼睛从碎发里洇出来，错综复杂地瞪着我看。怪物手持一把锈迹斑斑的剪刀，剪刀上黏了至少两块头皮。我说满仓你怎么不等我回来给你剪？满仓说等你回来？我这脑袋还能保住吗？

屋子里只挂了一只十五瓦的灯泡。仅靠这点微弱光芒，我想即使削不掉他的脑袋，至少也能削下他半斤瘦肉。

满仓一手操剪刀，一手举一块碎玻璃，仔细并笨拙地给自己剃头。那块当成镜子的玻璃片好像毫无用处，因为他不断把剪刀捅上自己的头皮。他剪几剪子，转头问我，怎么样？我说，左边长了。他就剪左边，龇牙咧嘴，痛苦不堪。过一会儿，再问我，这回怎么样？我说，好像右边又长了。他就再剪右边，咬牙切齿，碎发纷飞。我说别剪了满仓，你快成葫芦瓢了。满仓顽固地说，必须剪完！

很晚了，我和满仓才开始吃年夜饭。我们开着那台捡来的黑白电视机，可是荧屏上雪花飞舞，根本看不到任何影像。满仓骂一声娘，喝一口酒；喝一口酒，骂一声娘。他的脑袋不停地晃。那上面，伤痕累累。

酒喝到兴头上，满仓非要和我划拳。他总是输，就不停地喝。后来他喝高了，偶尔赢一把，也喝。满仓低着头，一边展示他的劳动成果一边说，你说我和那个割自己阑尾的巴西人，谁厉害?

我站起来，握起拳头猛砸那台可恶的黑白电视机。我说你厉害。因为你还得考虑美观。可是我搞不懂，你为什么非要在今天剃头呢?满仓听了我的话，抬头看我。那时电视机正好显出影像，我看到赵忠祥手持麦克恋恋不舍地说，明年除夕，我们再见。

满仓向赵忠祥挥挥手。他低着声音说，记得小时候，家里穷，过年时，没好吃的，也没好穿的，爹领我去剃个头，就算过了年。说话时，三十八岁的满仓就坐在我的对面，可是他的声音，似乎飘到很远。飘到很远的声音遇到腾空而起的烟花，被炸得粉碎。

一滴水从高处落下，砸中满仓的眼角。满仓忙伸手去擦，可是没有擦到。那滴水，于是滴进面前的酒碗。

报 仇

满仓和我蹬着三轮车，经过一家五金商店的门前。那里总是泊着一辆黑色的轿车，满仓说那是宝马。我们的三轮车从旁边小心翼翼地挤过去，将灰色的影子照上富丽堂皇的车体。约三十米外是我们的住处，那里堆满我们捡来的垃圾。满仓常说这地方是我们的院子。——我们的院子里，停着一辆黑色的宝马。

那天的满仓有些癫狂，他逼着我和他打赌。他说你信不信，我能用指甲把那辆车划开一条口子？我当然不信。满仓就狡猾地笑。他说等晚上你瞅好了，如果我真用指甲把它划开一条口子，你请我喝酒。划不开，我请你喝。我说太好了。

晚上满仓将请我喝酒，这毫无疑问。我知道满仓那几天正在练一指禅。可是他不是海灯法师，他的指甲不可能硬过钢铁和喷涂均匀的油漆。即使某一天，他真的练成了削铁如泥的一指神功，我想，他充其量敢去比划自己的三轮车。把宝马划出一条口子？我想把他卖了，他都赔不起。

晚上我几乎将这件事忘记。可是满仓找到我，他说你不去看我的气功表演了？我说你先把酒买回来再说。满仓就嘿嘿地乐。他说你藐视我啊……你先等等我去侦探一下情况。约十分钟后，满仓回来。他说现在那里正好没有人，走！

满仓接下来的表演，令我目瞪口呆。他站在那辆黑色宝马车旁边，张开右手向我交待清楚，用了魔术师的表情。然后他轻描淡写地伸出食指，在车体上轻轻一划。我惊恐地看到，月光下那辆宝马，真的被满仓的食指划开一条白色的口子！满仓小声问站在几步外的我，看清楚了？要不要再来一下？我没有回答他，转身就跑。不远处有人放响了一个爆竹，巨大的爆炸声让车“吱吱”地叫起来。我心惊肉跳地回头，见满仓正不紧不慢地往回走。他的脸上挂着从容的微笑。他像一位凯旋而归的大侠。

我改变了初衷。我要满仓跟我讲实话，不然，他别想喝到一口酒。满仓很痛快地说，行啊。然后他开始了心花怒放的表演和讲解。他取来一张白纸，贴到墙上；再取来一张黑纸，贴到白纸上。然后满仓伸出食指，高叫一声，呔！他的食指将黑纸划开一条口子，露出下面的白纸。满仓说看见没有？一指食功，一条口子，一个神奇的魔术，一位中国的大卫·科波菲尔。他用牙齿咬开瓶盖，满足地灌一口酒。他的得意让我厌烦，我被他骗了。

第二天我和满仓再一次蹬着三轮车从那辆车旁边挤过去。那时天刚刚亮，街上行人不多。突然满仓说咱们把纸撕下来吧，省得吓坏了车主人。没等我回答，他就从三轮车上跳下来。他盯着自己的劳动果实一阵狂笑，高叫一声，呔！又划开一条口子。这时我看见从旁边冲过来一位男人。男人揪住了满仓。男人说，你在干嘛？我感觉男人的嗓子喷出愤怒的火焰。

满仓冲男人傻笑。他说你别怕，你的车没事。他蹲下来，揭掉那张黑纸，再揭掉那张白纸。他说看看，开玩笑呢，不过贴上两张纸而已。满仓很为自己的恶作剧得意，他的傻笑就像一壶冰镇饮料，试图将男人的火焰浇灭。可是他错了。男人紧紧地钳住了他的胳膊。男人说，这是什么？

是四小坨黏糊糊的浆糊。满仓重新蹲下，往掌心里吐着唾沫。他想将浆糊擦掉。我认为他完全可以胜任这一工作。可是男人突然抬起脚。男人说去你娘的。他一脚将满仓踹倒。满仓在扑倒的一刹那躲闪了汽车，他坚硬的牙齿在光滑明亮的车体前一闪而过，啃上同样坚硬的柏油路面。满仓爬起后的表情有了小心谨慎的愤怒。他说你怎么不懂幽默？男人用一记清脆响亮的耳光回答了他。

我想那天满仓肯定被打傻了。他目送着男人钻上宝马车，脸上是沼泽般迷茫的表情。汽车的尾烟喷中满仓白色的裤角。他像一段废弃的木头线杆。

那天晚上我和满仓继续喝酒，满仓一边喝一边叫嚷。他反反复复只说一句话，他说我要报仇我要报仇。我说我知道，你真会把他的车划条口子。满仓说我不会这样弱智。这男人认识我们，知道我们住在这里。我说那你怎么报仇？满仓意味深长地看我。他说，瞧我的。

满仓带我出去。我们走了很远，来到一个陌生的停车场。满仓说，你说哪辆车更值钱？我说我不知道。满仓说那我就随便挑了，你帮我瞅着点儿。我说满仓你要干嘛？满仓说报仇啊。我看到他从裤兜里掏出钥匙，照一辆黑色的轿车狠狠地划了两下，然后再掏出一张黑纸，迅速糊上那两道划痕……

回到住处，我胆战心惊地陪满仓喝酒，身体不停颤抖。满仓却没事一般，大碗喝酒大口吃肉。他说当明天那个车主揭开那张黑纸，会是怎样的表情？我说我不知道。满仓说，应该是早晨我挨耳光时的表情吧？说到这里他满意地笑了。满仓不停地笑，不停地笑，他的笑声将整间屋子塞满，在那一夜，清晰可见。

俘 虏

大漠深处，七个战士押解着六个俘虏。是正午，太阳挂在伸手可及的天空，将所有生命烤成灰烬。七个战士，六个俘虏，像在同时奔赴死亡。

于是决定，杀死所有俘虏。

俘虏们被反剪双手，跪倒在沙坑旁边。战士端起枪，顶住俘虏的后脑勺。枪托被晒得滚烫，战士感觉手心被烙出青烟。远处的骆驼刺开出鹅黄色的小花，巨大的仙人掌躺倒在黄沙之中，头颅伸向太阳。

——根据《日内瓦公约》，我有权活下来。——这里没有日内瓦，这里只有生存与死亡。——你不能胡乱杀人。——你乱杀的人还少么？——可是我有一个妻子和两个年幼的孩子。——这不是理由。——我还有一位年迈的母亲。——谁都有母亲……粮食和水已经不多，你不可以继续活着。

两个人就像在聊着天，枪却突然响了。俘虏的头颅瞬间被撕成碎片，身体仆然倒地。他的一条腿快速地抽搐，他的下巴飞出很远。飞出很远的下巴喀喀地啃嚼着黄沙，黄沙被磨成粉末，远处尘土飞扬。

战士们将枪口，齐齐地对准剩下的俘虏。

——请不要杀死我们，我们保证不再吃一粒粮食。——水呢？——不喝一滴水。——你们坚持不了两天。——我们能够做到……我们情愿被饿死渴死。求求你们，请不要杀死我们。

战士们凑到一起，简单商量几句，然后决定先不杀死他们。他们将俘虏们的手绑在一起，就像穿起一串蚱蜢。他们牵着一串蚂蚱在漫漫大漠里胡乱行走，他们感觉身体早已经风干。四周都是黄沙，天空中同时出现十轮太阳，世界只剩下黄和白两种颜色。他们随时会被晒焦，他们永远都不可能走出大漠。

于是再一次决定杀死所有俘虏。

——可是我们并没有吃掉你们的粮食。——可是你们喝掉了我们的水……你们走得太慢，牵扯了我们太多的精力。——我们还可以替你们背子弹和睡袋……我们会走得快一些。我们替你们干什么都行。——不必了。杀死你们，我们会轻松很多。

枪响，俘虏跌进黄沙。他的脑袋被击得粉碎，两只眼球在空中做着优雅的滑翔。眼球们碰撞出清脆的响声，然后同时爆裂。失去头颅的身体，在地上做出两步漂亮的爬行。

也许你们不必将我们全部杀光。一位俘虏说，比如留下两个……既有人替你们背东西，又不会牵扯你们太多精力……只留下两个，名单由你们决定。我们保证不会掉队，我们会走得很快……

战士们再一次凑到一起商量，结论是他说得有些道理。他们将俘虏们排成一排，问第一个人，入伍以前你做什么？俘虏答，农民。枪就响了。

——你呢？——作家。

枪又响。

——你呢？——鞋匠。

枪响。

——你？——医生。

战士想了想，自言自语说，也许留下来有用。散着腥气的枪口很不情愿地从他的后脑勺上移开……

五个俘虏，死掉三个，留下两个。死掉的三名俘虏被扔进同一个滚烫的沙坑，夕阳西下，沙坑里有一个巨大的阴影。

接着走。除了枪、粮食和水，所有的重物全都落到两个俘虏身上。似乎俘虏并不觉累，他们知道，他们的脑袋随时会被子弹炸开或者准确地劈成两半，世间一切，就此结束。

他们得到一小杯水，两个人争抢着喝。水杯掉落地上，厚厚的黄沙将一杯水瞬间吞噬。他们趴在地上，贪婪地嗅着潮湿的沙土。他们只得到那一杯水。水洒了，他们就没有水了。终归一死，渴死或被毙掉，一回事。

那夜战士们放松了警惕。那夜，两个俘虏将七个战士变成了俘虏。

大漠的夜晚又黑又冷，饥渴难耐的战士们睡得很沉。两个俘虏偷偷解开绳索，又偷偷端起放在一旁的上了子弹的步枪。一个战士醒来，蹦起，摸枪，腹部就中了一弹。剩下的战士同时被枪声惊醒，却发现，他们早没有了还手之力。

天明时，沙漠里多出七个小小的井般的沙坑。两个俘虏命令七个战士分别跳进去。跳进去，周围填满沙子，上面仅留一个脑袋。

根据《日内瓦公约》……我还有一位年迈的母亲……我们保证不再吃一粒粮食，不喝一滴水……我们还可以替你们背子弹，背睡袋……我也是医生。没有用，沙土慢慢堆到了下巴。七个人一字排开，彼此头颅相望。

一个俘虏说，我们走吧。

另一个俘虏说，我们走。

只留下身后一排整齐的头颅。头颅们就像栽在沙漠里的球形植物，它们转动着，颤抖着，甚至翻滚着，跳跃着。火焰般的阳光炽烤着它们，每一颗脑袋，都从嘴里喊出声嘶力竭或者有气无力的声音……

兰　妹

兰妹是一个美发厅的名字。没有任何美发工具的美发厅。

那时我开着一家很小的超市，我坐的位置，可以将兰妹美发厅尽收眼底。一般的情况是，她会坐在靠门的一张椅子上，眼巴巴望着路人，盼着她的生意。她长得并不漂亮，眼睛细长如线，鼻子稍有上翘，头发染成夸张的黄色，皮肤也有些暗红。却总穿着黑色的紧身衣裙，隐约勾出胸前一对坚挺的小鸽子。

那是少女所独有的胸部。

是的，少女。有时她来我的超市买东西，我可以清晰地看见她脸颊上刚刚长出的粉刺。

她来我的超市，只买两样东西，方便面，手纸。这让我可以很轻松地猜出她的生活习惯和生意情况——她的生活很糟糕，生意也是。

包括兰妹美发厅在内，这条街上共有二十多家类似的美发厅。到了下午，各家的卷帘门便会呼啦啦打开，几乎每个门口，都会坐着两三位美若天仙的女子。然后，有客人来，在某一家门前站定，这些女子便会嗲声嗲气地争着搭话，然后客人跟其中一位女子进了店门，卷帘门便会拉下一半。而这位女子的姐妹，便会在外面，兢兢业业地为她站岗放哨。

兰妹美发厅只有她一个人。很少有客人挑中她。她做生意时，也不会有人为她放哨。

一次她来我的超市买方便面，买完了，却不走，盯着我，好像有什么话要说。我问她，钱找错了？她笑笑，听别人说，您是作家？

我说狗屁作家，你见过作家开小卖部吗？发表过几个豆腐块而已。

她的眼睛一下子亮了，声音却是小心翼翼，那周老师，您能不能帮我个忙？

我说别您您您的，我比你大不了几岁。能帮上的忙，当然可以。

您肯定能帮上的。她说，您帮我给家里写封信吧？看我愣着，忙解释，我不识字的。看我继续愣着，又说，我知道您写得好，您帮不帮我？

我说那行，信纸信封邮票我这里都有，你口述我写就行。

见我答应，她开心地笑了。很单纯的笑，远离风尘。她说谢谢您周老师，我先回去推敲推敲，晚上再找您。然后，几乎是蹦跳着往外走。

我想这小姑娘挺有意思，给家里写封信，还得找个发表过文章的；口述一封家书，还得推敲推敲。

晚上她找到我，我搬一把凳子给她坐，她不坐，就站在那儿，开始给我口述。

敬爱的爸爸妈妈……敬爱的，不好吧？亲爱的？第一句，她就卡住了。

我说叫爸爸妈妈就行，也别敬爱也别亲爱了。

那听您的。她接着说，爸爸妈妈，你们好。我现在一切都好，二老放心。可能你们听说过，我打工两年的那个石子场倒了，老板没给我一分钱。不过现在还好，我又找到了新的工作，在一家超市当服务员，管吃住，每月底薪八百块。

你等等。我打断她，你这是在骗你的父母啊。

你就这样写吧周老师。她的目光中带着乞求，……前些日子给你们寄去一千七百块钱，不知收到没有？一千块钱，让二弟读书；另七百块钱给妈妈，听人说，你的风湿性心脏病还是能治好的……还有爸爸的哮喘病也要抓紧治，等我再攒些钱，就给你们寄回去。

……奶奶的身体还好吗？……家里的庄稼长得好吗？

……那一千七百块钱如果收到的话，请给我回信告知，我也好放心。地址是……她顿了一下，问我，就写超市的地址吧周老师？到时候您正好读信给我听，行不行？

行！我说，不过你父母识字吗？

不怕的，他们会找人念，回信再找人写。她说。

信写完了，我读一遍给她听，问她用不用再改改。她说，不用改了，很好了很好了。装进信封，贴上邮票，我说不用麻烦去邮局了，明天邮局的人来送稿费单，让他带上就行。

太感谢您了周老师，太感谢……我怎么感谢您呢？她站着不走，一遍又一遍地重复着。

我说你不用太客气。

要不……周老师，她的目光躲闪着，脸上有了红晕，您去我的美发厅吧……我给您服务……

不用了不用了。我慌忙说，写封信，举手之劳而已。

您……是不是嫌我脏？

怎么会呢？我紧张起来，你看，我的头发还不长，不急理。我比划着。

她笑了，那以后吧周老师，以后，您有时间的话，去我的美发厅，我给您服务。

她走了，月光照着她的脸，那是一张年轻少女的脸。

信寄走了，回信却久不见来。她每天都会来问我，家里来信了吗，家里来信了吗？我说等等吧，说不定明天就来了。现在，家里可能秋忙。

后来，她开始跟其他美发厅争抢生意，有一次她抢了隔壁的生意，几个姐妹用长长的指甲，把她的脸挠出一道道的血印子。她告诉我，又快攒到一千七百块了，等攒够了，就寄回家去，并让我再给她父母写封信。我说行。

她明显增加了买手纸的频率和数量，人也日渐消瘦。我想跟她说，别太拼命。我想说，但我怕伤害她。

终于还是出事了。那天晚上有警车忽然在这条街停下，下来几个警察，后面跟着电视台的摄像机。她被押上警车的时候，向这边看了一眼，她用手捂着脸，目光惊恐。

其实，她根本没有必要捂着脸的。我想，在这个小城，除了我，还有谁认识她呢？

警察那天的行动很失败，他们只抓走了她一个人。

因为没有人，为她放哨。

她被抓走的第二天，我收到她家里人的来信。信中说奶奶的身体很好，二弟的功课很好，妈妈的风湿性心脏病治好了，爸爸的哮喘也治得差不多了，庄稼大丰收，又买了一头水牛，让她好好工作，别惦念家里，等等。信写得很漂亮，无论是字迹，语句，都中规中距。

我不信。果真这么好的话，他们不会拖这么久才回信。农民是最懂分享喜悦的。

我真的不信。因为太美好了。因为不可能这么美好。

我甚至敏感地觉察到，她的家中，肯定出了什么大的变故。比如奶奶去世了，妈妈去世了，爸爸病重了，二弟辍学了，等等。我甚至想，她的父亲可能在某一个夜晚，也找到一个类似的我，编一个类似于她的瞎话。他们在各自真实的困境中，为对方，编造着虚假的美好。

当我把信读给她听，她会信吗？现在她被抓走了，我知道她还会被放出来。放出来，她肯定会失去即将攒够的一千七百块钱。其实这没什么。问题是，当我把信读给她听，她会信吗？

但愿她会信。她还很单纯。但愿她会信。但愿。

我想，假如她放出来，假如她的兰妹美发厅还继续开起来，我肯定会进到她的店里，为她增加一笔生意。我会给她钱，我会是最好的顾客。我只能，做到这些。

真的，我不嫌她脏。

脑　袋

下班时候，孙剑被小刘悄悄拉到一边。孙剑问有事？小刘说朱胖和沙肥有饭局。孙剑微微一愣，脸沉下来，是为牛娃的事吧？

朱胖和沙肥是孙剑大学里喝过鸡血酒拜过把子的好兄弟。遇到打架，三个人一拥而上，砖头石块满天飞，一个比一个不要命。他们被收进派出所两次，每一次都是牛娃让父亲将他们保出来。牛娃也是他们的兄弟，排行老大。可是他文质彬彬弱不禁风，没有一点老大的样子。但是他有心机。他读了很多书，心理的，法律的，哲学的，社会学的……孙剑戏称牛娃是四兄弟里的军师，而自己，区区莽夫罢了。

毕业以后孙剑进到机关，牛娃和父亲一起开起煤窑。十几年光阴转瞬即逝，现在孙剑是市安全生产办主任，而牛娃早已经富甲一方。据说他有六个保镖；据说他有八个老婆；据说他和市长称兄道弟；据说他咳嗽一声都能让地皮跟着颤抖。这就是钱的魔力。钱让他一手遮天，无所畏惧。尽管他仍然像一位文弱书生，可是背后再也无人叫他牛娃——都喊他牛魔王。

前些天牛娃的煤矿发生事故，上报伤一人，损失三十万。都信。孙剑也信。别人信完就完，孙剑信完却暗中调查。调查完，就不信了。从矿工战战兢兢的表情里，从村民躲躲闪闪的眼神里，孙剑读出另外的东西。终有一位老农挺身而出，说矿难死掉四个人；又有一位大嫂说，是五个；又有老太太说，是六个。数字如同拍卖会般愈发惊人。孙剑顿觉头皮发麻，脊背发凉。人命关天，这事牛娃怎能瞒过去呢？上有调查组，中有他，下有百姓，再往下，四个或者五个或者六个冤魂，怎能瞒过去呢？更何况，调查组上面，还有一方苍天。

朱胖沙肥请吃，必是为牛娃的事情。暗访只有办公室秘书小刘知道，孙剑想，显然是小刘把他卖了。

然而酒桌上却始终无人提及牛娃和矿难。吃完饭，孙剑欲走，却被小刘拉住。小刘说玩两圈麻将吧……难得你们兄弟聚到一起，放松一下。说着话三个人排出钱来，孙剑只看一眼，就什么都明白了。每个人面前都是厚厚四摞钱，像一排攻无不克的子弹。就玩四圈吧！小刘的眼睛里带着哀求，又没有旁人。孙剑叹一口气，坐下，低头，抬头，再低头，再抬头，两只手绞到一起，然后攥起拳头，猛击桌子。那就豁出去！他的眼睛瞪得通红，就按大学里的规矩！

大学时，四兄弟偶尔也会搓麻——那时他们并不上进。

正如孙剑所料，四圈不到，桌上的钱就全归了孙剑。孙剑笑着，把钱垛成一座山，然后猛地抽掉最下面的一摞，哗啦，钱山就倒了。孙剑再笑笑，说，山空了，山就塌了。

没有人说话。

孙剑说，不过抽走一万块，山就塌了。

仍然没有人说话。

孙剑说，一万和十二万，哪个重要？

小刘急忙站起来，抓起钱往孙剑怀里塞。您都拿着，小刘说，牌场上就图个输赢……

孙剑推开小刘，看着朱胖和沙肥。刚才怎么说的？——按大学里的规矩。你们早忘了那规矩吧？输赢，弹脑瓜壳，一块钱一个。钱是牛娃给你们的，那么今天，我该弹牛娃十二万个脑瓜壳，是不是？

都愣住了。鸦雀无声。

孙剑说，你们代表牛娃给我送钱，你们每个人就该代表牛娃挨上四万个脑瓜壳，对不对？

三个人尴尬地笑。

孙剑说，凭我这手劲，四万个脑瓜壳得让你们死过去四十次……那我就开开恩，一万块钱一个，每人弹四个，好不好？

没有人说话。

孙剑说到做到。他将手指绷紧成弓，三颗脑袋顿时如同熟透的西瓜般嘭嘭有声。三个人龇牙咧嘴，嗷嗷怪叫。

所有脑壳弹毕，孙剑吹吹手指，说，很痛是吧？弹在你们脑袋上，你们当然痛；但有些事，弹不上你们的脑袋，你们就不痛。谁痛？矿工痛！矿工的家人痛！一万块钱不过弹一下你们的脑袋，一万块钱却能买下矿工一颗脑袋！你们痛不痛？痛不痛？奶奶个熊！

孙剑甩门而出，走上大街。夜已很深，远处是黑黝黝的群山，近处是亮闪闪的霓虹，孙剑的神志，竟然有些恍惚。他掏出手机给家里拨一个电话。妻子问你什么时候回来？他说马上……妞妞睡了吗？妻子说刚睡，刚才还念叨你……孙剑说睡了就好，我马上回去。他的脸上荡起满足的笑，他的目光，柔情似水。

上了出租车，孙剑再拨一个电话。他说二奎明天我们聚一下吧，我想在你那里办一份意外伤害保险……万一哪天伸了腿，也好给她们母女留点口粮钱。那边吓了一跳，忙问怎么回事？孙剑微微一笑，说，方才小神闲来无事，连弹牛魔王十二个脑瓜壳……

世间决战

决战在即。决战一触即发。

为这次决战，我们准备了两年。

两年时间里，我们一直在锻造一柄举世无双的大刀。

世间所有最先进的技术全被我们拿来用来锻造这柄大刀。纳米技术，航天技术，核技术……

待决战时，大刀将握在我的手中。我是至高无上的将领，我将统率千军。

大刀被按时锻造出来，它寒光逼现，吹锋断发。一柄威力无比的大刀，一柄战无不胜的大刀。

对方也在锻造一柄大刀。他们也用去整整两年时间。

他们也将所有最先进的技术全都用了上去。纳米技术，航天技术，核技术……

大刀锻造成功之时，他们说，那柄大刀，绝对天下无敌。

他们要用这把大刀报仇。报两年以前的仇。两年前他们输给了我们，现在他们求胜心切。我们的决战，每两年一次。

两年一次的决战，世间最惨烈的规模最大的决战，可以解决世间所有争端的决战。

所有争端。你想到的，你想不到的，你可能会想到的，你绝对想不到的……

决战在即。决战一触即发。

我身穿铠甲，肩扛大刀。我的头发在风中飞扬，我胳膊上的肌肉蹦跳不止。刀锋映照夕阳，夕阳将决战前的世界，变成一片浩瀚血海。

战鼓响，身后五千铁甲齐声呐喊。

我的面前站着对方的将士，他强健的肩膀上，同样扛一柄大刀。

大刀坚韧并且锋利，将我们的呐喊齐刷刷削成无数段。

他的嘴角，挂着必胜的微笑。

然而我们都知道，这是决战，容不得半点松懈和马虎。决战包含了太多内容，决战代表着太多东西，决战可以解决所有争端，决战可以决定所有事情。

我大吼一声，大刀突然从肩膀上蹦起。大刀卷起一阵腥风，将一只误打误闯的苍蝇斩成大小均匀的两截。大刀继续向前，抖出凄厉恐怖的颤音。大刀划着残忍的弧线，劈向微笑的报仇者，劈向他迎过来的大刀。

大刀与大刀碰到一起，绚烂的火星四溅。声音惊天动地，掩起双方擂起的战鼓。时间刹那定格不动，对方的大刀瞬间折为两断。

决战便结束了。

两柄大刀相击，便是决战的全部内容。两年时间锻造一柄大刀，只为这一击。

无论我们还是他们，这一击，都足够了。

对方弃刀，抱拳，认负，说，两年后再决战！——所谓的决战，仍然是两刀相击。

我们赢了。他们输了。

我们赢了，却要输给他们锻造大刀的最先进技术。他们输了，却能赢下我们锻造大刀的最先进技术。

我们赢了却输了，他们输了却赢了。这没什么好奇怪，这太过正常，我们和他们，一直这样。这是我们和他们的约定，我们和他们的规矩，我们和他们的道德规范，我们和他们的法律准绳。

并且，两年来的所有问题，所有磨擦，所有芥蒂，所有事端，在将分出胜负的那一刻，化为乌有。

所以，我们所生活的世间，绝不可能是你们所生活的世间。我们的世间，或许只是你们衣橱里的一角；或许你们的世间，只是我们衣橱里的一角；也或许，我们的世间与你们的世间永远不可能重叠或者相逢，我们的世间是存在于平行宇宙的另一个维度；更或许，我们的世间，不过存在于某一粒尘埃，某一首诗歌，某一个音律，某一闪意念……

总之，这不是你们的世间。

可是不管如何，因了你们认定的那种奇异独特的决斗方式和胜负分配，我们与他们，永远没有断杀，永远拥有所有世间最高超的锻刀技术……

胃 口

男人在超市，遇到一款正搞促销的火腿。陌生的牌子，个头大，分量足，价钱也不贵。男人动了心思，买下两根。家中养有一狗，取名叫肉肉。肉肉娇生惯养，只喝牛奶和纯净水，只吃猪肝和火腿。两根火腿，本是男人为它准备的干粮。

男人唤来狗，将火腿切下一小片，送到狗的面前。狗伸出舌头舔，伸出鼻子嗅，伸出爪子挠，然后，转了身，咚踏咚踏地走开，毫无兴趣的样子。男人拾起火腿，追上去，低了头，趴在地上，说，快吃！惯得你！火腿硬往前塞，几乎碰到狗的鼻子。狗躲闪着，退着，逃着，可怜兮兮，发出哼哼唧唧的声音。女人在一旁看着，说，快别虐待它了！这种牌子的火腿它吃不习惯吧……连我们以前都没见过……或者今天，可怜的肉肉没有胃口。

男人只好把切下的那片火腿扔掉，然后钻进厨房，挥起炒勺。他炒了三个菜，熬了一个汤，然后，突然想起那两根火腿。他切下一小片，尝尝，不太香，好像也不至于扔掉，于是干脆将那根火腿切成满满一盘。他拍拍手，冲女人笑：四菜一汤，成功啰。

男人、女人和叫做肥肥的儿子围在餐桌前吃饭，电视里播放着奥运圣火传递的盛况。突然儿子说，我想吃圣火冰淇淋！女人不解，问，什么圣火冰淇淋？儿子说就是圣火形状的冰淇淋，刚上市的，同学们都在吃呢！女人说行，明天让你爸给你买。儿子不高兴了，说，吃完饭就买。男人说那也行，不过你得多吃些饭。他夹一块火腿给儿子，说，肥肥，吃新上市的冰淇淋之前，先尝尝新上市的火腿。儿子歪了脑袋去咬，只嚼一下，就吐出来。什么怪味？他表情痛苦地用可乐漱着口，又跑进洗手间，将一口可乐喷进马桶。

男人耸耸肩，对女人说，看来不仅是狗，连儿子对它都没有胃口……怎么办？扔掉？

女人说让你买的时候看着点的……你以为你是百万富翁？

男人说谁眼睛上长味蕾？要不咱俩试试，看能不能把这盘火腿消灭掉。

两个人就开始消灭火腿，却都皱着眉头，苦大仇深。直到他们一起放下筷子，一盘火腿也没少多少。

第二天，用盘子里剩下的火腿喂狗，狗仍然躲躲闪闪，誓死不从。实在没有办法，男人只好把它们倒进了垃圾筒。

星期六，男人要带儿子回乡下老家。他为父母买了一个西瓜，买了一条鱼，买了两袋奶粉，又买了两瓶老酒。临走前，女人突然提醒他，冰箱里不是还有一根火腿吗？也给你妈捎回去吧！

可是这么难吃。男人有些犹豫。

咱们不爱吃，爸妈不一定不爱吃啊！女人打开冰霜，取出火腿。萝卜白菜，各有所爱，是不是？给他们捎回去吧！大不了扔掉……

男人想了想，也对。于是将火腿揣进了包。

晚上回来，女人问他，爸妈怎么说？

男人说火腿吃了一半……只切了一半，盘子就满了……爸用火腿下酒，他说他从没有吃过这么好吃的火腿……他吃得最多，他说他的胃口，从来没有这样好过……

说话时，男人把一块猪肝细细地掰碎，笑着，喂给他的肉肉。

星期天下午，从乡下归来的儿子，提着一个大包。里面都是新鲜蔬菜，他拉开包，指给女人看，是我和奶奶一起去园子里摘的。西红柿，茄子，辣椒，黄瓜，豆角……

突然女人愣住。她在那堆蔬菜里，发现那个切掉一半的火腿。

怎么又把它拿回来了？女人看着儿子，怎么回事？

哦，是这样。儿子说，爷爷奶奶以为你们舍不得吃，就嘱咐我把剩下的半块带回来……我记得我把它从包里拿了出来，谁知道他们什么时候又偷偷塞回去了！说着，一抬手，火腿像一枚炮弹，呼啸着射进厨房的垃圾筒。

我好像见过你

现在我坐在火车站候车室的长条椅上等火车。火车进站还有半个小时，半小时对我来说，实在难捱。于是我开始打量坐在对面的旅客。我想这应该是一种打发时间的很有趣的办法。我看到一位老人仔细地削着苹果皮，他的水果刀比我家用的菜刀还大；我看到一个孩子津津有味地吮吸着手指，也许他把手指当成一粒美味的棒棒糖；我看到一个小伙子在睁着眼睛睡觉，他的头下枕一个帆布包，嘴角流出一线很长的涎水；我看到一位姑娘捧着一本很厚的韩文书，正聚精会神地看。这姑娘长发披肩，五官标致，皮肤白皙，十分漂亮。漂亮当然要多看一会儿，这样我就把眼睛定格在她的脸上。可是这一定格，我竟发现她非常面熟。我想我应该在哪里见过她，并且肯定不止一次。可是在哪里见过她呢？一时却又想不起来。于是我走过去，对她说，你好。她抬起头，盯着我，脸上是很无辜的表情。我说我好像在哪里见过你。她愣一下，说，是吗？我说肯定是。你是不是在我家门口的超市当收银员？就是那个“真得利”超市。她说不是，我从来没有做过收银员。我说那你就是在统一路上的那家肯德基快餐店当服务员。她皱皱眉，说，我从来不吃肯德基。我说不是说你吃肯德基，是说你在肯德基当服务员。她再皱皱眉，说，我也没当过什么服务员。这时她似乎有些不耐烦了，我看到她低下头，哗哗地翻着手里的韩文书，可是我哪能就此罢休？我说那就是我们在哪个舞会上见过面吧？是市工会组织的那次舞会？她一边翻着手里的书一边说，你记错了。我不知道什么市工会组织的舞会。我说那就只剩下一种可能，我们可能是校友。她说是吗？我说应该是。我是五职毕业的。她说有这个大学吗？我不好意思地笑笑。我说，是职高。她说我没读过职高。我说那就奇怪了，我明明见过你嘛。她啪地合上书，却笑了。她说你还有事吗？我说我不骗你，我真的好像在哪里见过你。她说那你回忆一下，是不是你去哪个理发店理发时见过我。我说经你这么一提醒，好像还真是这样。她说好像？我说肯定。她说是不是叫红玫瑰理发店？我说应该是吧。她说应该是？我说肯定是。她说那就对了，我们可能是在红玫瑰理发店见过面，我是理发师，给你理过几次头发。她这么一说我就乐了。我说看看，我就知道我没记错，我就知道咱俩以前肯定见过面。她于是向旁边挪了挪身子，示意我坐下来，表情十分甜美。我坐下后，她问我，去哪里？我说，去西安。她说太巧了，我也去西安。路上我们可以相互照应一下的。不过现在你得先在这里等我一会儿，我去买个大碗面，一会儿火车就该进站了。我看她扭着小屁股拐向旁边的商铺摊子，心情十分愉快。我想这一路上有这样一位美丽的姑娘陪我聊天，肯定不会枯燥。正暗自美着，却看见她已经回到我的面前，身边还跟了两个警察。警察问她，是他吗？她咬牙切齿地说，就是他。于是警察瞪我一眼说，跟我们走一趟。我说我没办法跟你们走一趟，火车就要来了。警察说火车来了你也得跟我们走一趟，这位姑娘说你神态可疑，并且对她有骚扰行为。我说不可能。至多我是打扰了她，怎么就成了骚扰呢？打扰与骚扰，完全是两个概念。警察大吼一声，站起来！我马上从椅子上蹦起，身体站得笔直。警察说，跟我们走！我只好像一条狗一样跟他们往火车站派出所走。我一边走一边说，我真的好像在哪里见过她嘛。警察立刻开心地笑了，他说你这套小把戏，拿到清朝去或许还好使。我说可是我没有撒谎啊！我真的好像在哪里见过她。我肯定在哪里见过她。

是这样，我肯定见过她。你见过她吗？你也肯定见过她。

天大地大

少年骨瘦如柴，硕大的脑袋上，几乎仅剩两只眼睛。两只眼睛间隔很宽，中间塞得下一只拳头。他趴伏地上，面前放一个破旧的写着红色“奖”字的搪瓷茶缸。那茶缸跟随老杜多年，立下汗马功劳。

少年不知道站立的感觉，更不知道行走和奔跑的速度。少年的腿是柔软的，细若芦柴，伸手可握。老杜常常握着他的腿说，可怜的娃啊！少年听了，咧嘴一笑，又俯下身子，整理一堆零钱去了。他数得很是仔细，几枚硬币被他敲打出钢钢当当的响声。

少年生来就像一条鱼。他有两条腿，可是他的腿总是拖在地上。将两腿抓起，便可以任意搭上身体的任意部位：腋窝、肩膀、头顶、甚至后脑勺。小时候他常常表演给他的伙伴们看，给村子里的大人们看，给认识或者不认识的大叔大妈们看。他的表演新奇并且刺激，常常赢得一片赞叹和糖果面包等奖励。后来他长大了些，这样的表演就少了。少了，他便从此失去伙伴，失去大叔大妈们的糖果和面包。每天他一个人趴伏门口，盼着下地的母亲回来。他笨拙并灵活地游动着身体，越过砂砾、尖石、草丛、水洼……他的嘴里喊着娘娘娘娘娘，他的两只眼睛就像两枚熟透的会动的李子。

是老杜把他带出来的。确切说是老杜把他租过来的，用了每年两千块钱的价格。那时母亲已经不在，那时他只有父亲。母亲患上乳腺癌，割掉一只饱满美丽的乳房。母亲在割掉乳房之后的半个月就下了地，她把他抱到地头，让他为她捉一只蚂蚱。那个夏天他捉到十几只蚂蚱，他相信他捉得越多母亲越开心。母亲是在第二年春天死去的，临死前母亲问医生，如果再割一只乳房，我能不能活下来？她的话让医生潸然泪下，医生说他至少二十多年没有流过眼泪了。母亲抻长脖子寻找他，他趴在地上，爬着，喊着娘，两只眼睛忽闪忽闪。然后母亲便死去了。死去的母亲仍然保持着怪异的姿势，脖子抻得很长。

老杜把他带出来，父亲是愿意的。父亲债务缠身，很多时，他不敢待在家里。父亲到镇子上打工，夜里就睡在镇子，搂着一条叫做秋菊的狗。父亲攥着他柔软的腿说，儿啊，你能帮家里赚钱了啊！那天父亲和老杜喝了很多酒，父亲拍着老杜的肩膀说，兄弟，娃以后托给你了。父亲把酒洒得到处都是，又把剩下的酒灌进鼻子。父亲扶着桌子摇摇晃晃地站起来，对老杜说，滚蛋吧！下着小雨，少年趴在老杜的手扶拖拉机上，感觉凉意渗透了衣服和皮肤。

少年于是成为老杜的手下一员。这样的生活他很满意，太阳懒洋洋地照着，他懒洋洋地趴着，任懒洋洋的人群将零钞扔进他面前的瓷缸。逢雨天，老杜甚至会给他们放假。那是幸福的时光，老杜从肯德基买来炸鸡翅和薯条，买来鸡腿堡和可乐。可乐泛起泡沫，凉入骨髓。少年喜欢这种感觉。

少年见到一条只有两条前腿的狗。狗用倒立的姿势走路、跑步、嬉戏和进食，身体像杂技演员一样灵活。狗让少年开心不已羡慕不已，那几天他一遍又一遍地练习倒立。他磕破了胳膊磕掉了牙齿，他当然不会成功。没有成功，他便不再练。他继续趴在地上，任两腿扭曲成任意的形状然后搭上身体的任意部位。他赚来的钱总是最多的。老杜说他就像一条泥鳅般惹人怜爱。

可是他不是泥鳅。他只是一个孩子。他被警察们带走，又被警察们送回大山。临走前警察问了他很多话，他知道警察很想让他说些老杜的坏话。可是老杜有什么错呢？老杜让他学会了赚钱，让他喝到了冰镇可乐，老杜错在哪里呢？老杜哪里也没有错。他的态度让警察大为恼火，一个矮个子警察恶狠狠地说，真是不识好歹！

少年再一次见到父亲。半年不见，父亲黑了很多瘦了很多也老了很多。父亲为他炒了菜，开了酒，甚至为他买了一瓶可乐。父亲蹲在地上陪他吃饭，又将菜里所有的肉都拣出来堆到他的面前。父亲说查出来了，我得了肾炎。父亲说我还得去镇上打工，我不能侍候你。父亲说再说你长大了，我也侍候不动了。父亲说就算能侍候，怕我也活不过几天了。父亲摸摸他的头，问他，以后，你怎么办？少年说我还想出去。父亲瞅着他，咬烂嘴里的烟蒂，不说话。父亲的喉结突然凸起很高。

老杜在两个月以后重新来到村子。他的脸上多出一道很深的伤痕，他说那是逃跑时磕的。他为父亲带来一千块钱，他说这是娃半年的工资。他和父亲坐在地上喝酒，两个人都把喝光的酒瓶使劲砸到墙上。后来父亲扶着老杜的肩膀站起来，说，滚蛋吧！手扶拖拉机在土路上颠簸不止，少年就像一条脱水的泥鳅。

他们重新回到城市，城市的秋天萧杀不安。夜里老杜捏着少年柔软的腿，说，给我当个儿子吧！少年就笑了，抬起头，说，爹。老杜也笑。老杜说天大地大……往下他没有再说。他看一眼窗外，一滴眼泪掉落少年额头。

仇恨

兵的额头缠着纱布，纱布上血迹斑斑。兵漫不经心地拎着步枪，枪口指向阴霾的天空。兵隔着窗户朝屋子里观望，木椅上坐一位鬓髯花白的老人。老人如同一副骨架，宽大的皮肤披盖在身，然而目光与他相碰，却是铮铮有声。兵敲门，推门，关门，将枪斜立墙角。兵低目垂手，又点头，冲老人温和地笑。兵说，您不要害怕。

老人说我没有害怕。

兵说我是逃兵，从战场上逃过来。我讨厌这场战争，请相信我，我和您一样讨厌战争。正义或者邪恶的战争，胜利或者失败的战争，所有的战争，我都不喜欢。

老人说战争是你们挑起来的。你们说这是解放，可是我们认为这是侵略。

兵紧抿嘴唇，不置可否。屋子里很热，赤裸上身的老人抓一柄蒲扇，却不摇动。破旧的蒲扇搁上老人的腿，老人的一条腿轻轻颤抖。

兵摘下头盔，他的头包得像一个蚕茧。兵脱下军装，露出里面的衬衫。兵脱下衬衫，露出自己的胸膛。兵的胸膛上散落着几点伤疤，圆的，椭圆的，半圆的，弯月的，菱形的，三角形的，红色或者紫色，凸起，闪着光，面目狰狞。

兵的腹部，围一条宽宽的布带。布带纵向对折，腰上缠两圈，搭口叠在一起，很是漂亮。布带上绣了老人看不懂的五彩图案。

女朋友送我的。兵笑笑说，围上它，子弹就射不进去。兵从口袋里翻出一张很小的照片给老人看，照片上的姑娘唇红齿白，笑意盈盈。老人感觉姑娘就像年轻时的老伴。

家里就你一个人？兵问。

他们都死了。老人说，老伴、女儿、女婿和外孙死于空袭，儿子死在战场上。

怎么会这样？兵有了不安，对不起。

老人不说话。

怎么没人送他这样的护带呢？兵突然问。

没有用。老人叹一口气，他什么都不缺，可是他还是死了。子弹避开护带，射穿心脏……战场上再敏捷再勇敢都没有用，打仗只需要运气……这条命只需要运气……你的运气就很不错……

可是我再也不想打仗了。兵说，一枪都不愿意开。兵指指斜立墙角的步枪，真想把它扔了……

老人笑一笑，蒲扇摇动起来。

战争不是我们的错，兵说，我们只是兵。

蒲扇轻轻摇动，兵感到凉风袭袭。

如果战争胜利了，我就能回到家乡。兵说，目光开始柔软。

那样的话，我们就失去了家乡。老人站起来，丢掉蒲扇，你来这里只是想跟我说这些吗？

兵不好意思地笑了。他扬起眉毛，露出两只调皮的虎牙。他笑起来很像老人的儿子，有那么一霎间，老人甚至真的以为面前腼腆的年轻人就是他的儿子。我非常饿，兵说，我两天没吃东西。如果方便的话……我会付你钱……

只有米。老人问，可以吗？

挺好了，兵说，谢谢您。

老人淘好米，细细地煮。米香弥漫屋子的时候，年轻的兵流下了眼泪。他背过身子去擦，瘦小的肩膀在阳光下抖动不止。

米饭摆上桌子，兵看着，贪婪地吸着鼻子，却不吃。他看着老人，说您也吃点。老人笑笑，端起碗，目光平静。他默默地吃下一碗饭，用去足足十分钟。老人抹抹嘴，空碗放回桌上。他站起来，重新坐回椅子。他是那么老，皮肤堆起褶皱，覆盖全身。

兵吃得很快，却很文雅。他将桌子上的米饭全部吃光，又像狗一样将空碗舔干净。他满足地站起来，打一个很响的饱嗝。他穿上皱巴巴的衬衣和军装，戴上沉重的头盔，重新变回一个兵。他掏出口袋里所有的钱，悄悄压在碗底。他隔着口袋轻轻抚摸女孩的照片，脸上写满幸福。他看一眼老人，老人手握蒲扇，眯着眼，一动不动。

您是好人。兵说。

老人似乎已经睡着。

兵拾起他的枪，往外走。他在门口站定，回头再看老人一眼。他说您就像我的父亲。他慢慢走向远方，再也没有回头。

老人睁开眼睛，张张嘴。他想喊住年轻且腼腆的兵，可是他终未出声。老人重新闭上眼睛，却有两行浊眼滑落脸颊。

半小时以后，老人突然从椅子上栽倒在地。他痛苦地皱起眉头，胸膛里似乎燃烧着一团烈火。他知道毒性已经发作，很快，他就将离开地狱般的世间。可是他本该放过那个兵的。可是他不能。他说服不了自己。他做不到。兵的军装是那般刺目，纵可以原谅他的罪行，也不能饶恕他的衣服。

山谷之城

城不过是几块青石、几堆砂土、几汪清水、几棵杂草、竹筷扮成线杆、西红柿扮成火红的灯笼。城隐在山洞，山洞隐在山谷。那里绿水青山，烟岚云岫。当然，那里几乎与世隔绝。

是男孩的城。男孩建造了自己的城，然后开始规划，管理，整顿和扩张。每天男孩都要钻进山谷，钻进山洞，巡视并扩张他的城。男孩皮肤黝黑，目光烁烁，根根肋骨清晰可见。城让男孩安静，兴奋，忘乎所以，神魂颠倒。男孩为城痴迷。

一年前男孩遇见了城。图片上的城。图片上的真正的城。男孩为城的宏伟和整洁惊叹，课堂上，大瞪了双眼，不停咽下口水。那几天男孩茶饭不思，他捧着城的图片，眼睛隐寻进城的深处。城里有路灯，有雕像，有很高的楼房，有很宽的马路，有笔直的线杆和巨大的广告牌，有在广场上散步的鸽子和烫着卷发的七八岁的小姑娘。男孩想象着城，迷恋着城，向往着城。然后，某一天里，男孩发现了那个山洞。

山洞并不宽敞，山洞幽暗无光。男孩举一根蜡烛进去，萤火虫般的烛光竟也映亮洞壁灰黄色的苔藓和洞底暗黄色的地衣。到处湿漉漉黏乎乎，洞的角落也许藏着不怀好意的蛤蟆或者毒蝎。寒气森森，一只蝙蝠从洞的深处飞出，没有羽毛的翅膀拍打出极其连贯的脆响。男孩笑了。他对山洞非常满意。他要在这里建造一座属于自己的城——将城建在这里，绝没有人会发现。那时，当然，他的口袋里，藏着城的图片。

男孩用青石垒出城墙，用土块铺成街道。他在街道两旁栽上代表绿树的青草，那些青草在几天以后变得枯黄。他用树皮充当雕像，用酥土捏成房屋。他用砂子铺成广场，又在广场的中间挖开一个土坑，里面灌上代表喷泉的清水。他在广场上撒满纸叠的鸽子，那些鸽子动作呆板，全是一样的模样和表情。他用瓶盖当成汽车，用枣核当成路灯，用火柴盒当成学校和电影院，用蚯蚓当成疾驰的火车。他的城初具规模，他认为自己是城的国王。

城的国王。他很满意自己的想象。

后来他想，他的城里，还得有居民。

于是他取了黏土，捏成小人。他像远古的女娲，不知疲倦，心怀博爱与虔诚。他将小人排上广场，摆上街道，请进屋子，塞进汽车。他捏了教师，捏了保安，捏了工人，捏了售货员，捏了法官，捏了司机，捏了医生，捏了护士，捏了邮递员，捏了清洁工，捏了警察，捏了作家、画家和科学家……小人们高度抽象和概括，却是各就各位，生机勃勃。城有了色彩，昌盛繁华，他甚至听得到汽车的马达声、学校里的朗诵声、男男女女们的交谈声和欢笑声……

男孩打量着他的城，打量着他的百姓，心情无比愉悦。

每天男孩都在充实他的城。有些依据了图片，有些，则完全依据了想象。图片只是有限几张，想象却天马行空。男孩为他的汽车添上翅膀，为他的雕像穿了衣服，为他的法官配上代表公正的剑和天平，为他的百姓戴上防毒面具和足以识别一切假冒伪劣的银针。男孩让医生们面目慈祥，让警察们高大威武，让官员们一世清廉，让作家们解决了温饱，让混迹于城的农民工，离狗更远一些。

没有人知道男孩的城。村子安静详和，鸡犬相闻。孩子们把“我们都是木头人”的游戏玩了千年，大人们仍然使用着战国时代发明的镰刀和锄头。有时男孩静静地坐在村头，看奔腾的流云，看连绵的大山，额头上，竟也有了细的皱纹。皱纹隐在过去的日子里，隐在现在的日子里，隐在将在的日子里。皱纹就像山谷，山谷是岁月的褶皱。

男孩陪他的城，正好两年。男孩建造和扩张他的城，正好两年。男孩巡视他的城，正好两年。男孩拥有他的城，正好，两年。

暴雨就像瀑布，大山为之颤抖。村子就像汪洋里的树叶，人们惊惶失措。男孩就是在那个午后跑出了村子，跑向了山谷。他是城的国王，他得保护他的城和城中百姓。

男孩终未再见他的城。半路上，他遇到山体滑坡。似乎整座山都压下来，伴随着轰隆隆的声音，男孩赤裸的胸脯感觉到山的柔软、坚硬、无情和寒冷。然后便是黑暗，无边无际的黑暗。然后便是窒息，无休无止的窒息。男孩是站着死去的，他的脸冲向城的方向，双手却举向天空。

村人寻到了男孩的尸体。出现在山谷的男孩让村人大惑不解。后来他们得出结论，他们说，男孩太调皮了。男孩太调皮了，所以冒雨跑进山谷。山谷里什么也没有，山谷只是山的皱纹，落满岁月的尘土。

没有人知道那个山洞，山洞里的那座城。洞口早已被泥石封堵，缝隙不见分毫。或者，即使真有人见到山洞，见到山洞里的城，也不会认识它。城不过是几块青石、几堆砂土、几汪清水、几棵杂草、几只纸鸽、几个泥人、竹筷扮成线杆、西红柿扮成火红的灯笼……

男孩太调皮了。似乎是这样，男孩太调皮了。

选　择

两架直升机将他们送到丛林边缘，悄无声息。他们潜至丛林深处，偷袭了敌军一个基地。他们沿原路撤退，十三个人，变成了五个。一个班长，一个俘虏，三个兵。他们必须在天亮以前赶回丛林边缘，那里仍然等候着一架直升机。只有一架直升机，所有人都知道这已经足够。

他伤得很重。两颗子弹从腹部钻进去，从后腰穿出来。两个兵扶着他挪动，脚下的土地被犁出一道浅痕。伤口鼓起血泡，有时是腹部，有时是后腰，嘭一声破裂，像一枚子弹爆炸。周围危机四伏，随时可能从某个角落射来一排子弹，将五个人齐齐打倒。

俘虏的伤势更为严重。他血肉模糊，任班长扛在肩上，四肢荡来荡去。他不停地呻吟，声音忽高忽低，嗓子里似乎藏了不知疲倦的哨子。班长将他的嘴巴缠上绷带，那哨子却又钻进鼻孔，扯起尖锐的哑音。班长命令所有人加快脚步，他说假如天亮前赶不到预定地点，直升机将会把他们永远丢弃在这片丛林。

可是无法加快脚步。激战已经让他们筋疲力尽，两个伤员更是重达千钧。

他们坐下休息，商量对策。此时天色微明，丛林里静谧一片。班长说我们必须放弃一个人……不然的话，当天亮，我们必将全部死在这里。

两个兵看着班长，不说话。

班长说也许俘虏对战争更有意义。

两个兵一起愣住。

我们不能这么做，一个兵说，他是我们的兄弟，而他是我们的敌人。

他只是受了伤，另一个兵说，他还没有死。

我已经决定了。班长的手朝下一劈，三条命重要，还是一条命重要？

那就把俘虏杀死吧！一个兵说，也许他什么也不知道，也许他什么也不会说……也许，即使带回去，他最终也会被毙掉……我们的任务只是偷袭，我们没有义务带回一名俘虏……没有人知道我们抓获过一名俘虏……

可是我们的确抓到一名俘虏，他也许可以让我们少死很多弟兄。班长说，我已经决定了，就照我说的去做。

班长站起身，命令两个兵架起俘虏。两个兵不肯就范，班长就端起狙击步枪，近距离瞄准兵的脑袋。请相信我，分不清他的声音是恐吓、命令还是哀求，我远比你们痛苦。

班长走到伤兵身边，蹲下，盯着伤兵的脸。伤兵呼哧呼哧地喘着气，眼睛里喷射出火和泪水。班长问你都听到了？伤兵说你不会这样做的。班长说我知道你会恨我，可是我没有办法。伤兵说请带我一起走。班长握了握他的手，说，对不起。伤兵说求求你带我一起走。班长说我得顾全大局。伤兵说可是我还没有死。班长说你已经死了。伤兵说我真的还没有死。班长说不，你已经死了。

班长站起来，伤兵抱住他的腿。班长迈开脚步，将伤兵拖出很远。班长低头看看伤兵，突然泪流满面。他紧攥拳头，抬腿将伤兵踢开。伤兵嚎叫着，咒骂着，打一个滚儿，爬着，再一次抱住班长的腿。他仰起脸，目光中尽是恐惧和绝望。班长看着他，说，放手。伤兵却抱得更紧。班长五官扭曲，面目狰狞，他低吼一声，再一次踢开伤兵，然后从腰间拔出手枪。他把手枪扔到地上，对伤兵说，只有一颗子弹……不能让他们将你活捉。

伤兵第三次爬向班长，手指如钳。班长灵巧地跳开，将脸扭向别处。他命令两个兵，出发！一滴眼泪从空中落下，被他的牙齿咬得粉碎。

那一刻白色的月光透过云层，照着班长和他的两个兵。那一刻伤兵端起手枪，瞄准班长黑色的后脑勺。伤兵的胳膊剧烈颤抖，五根手指僵硬抽筋。伤兵牙关紧咬，枪就响了。

子弹像红的炭火从班长的头顶呼啸而过。班长没有回头，也没有停下脚步。伤兵扔掉手枪，像一只将死的狗般喘息……

伤兵回到家乡，养起牛羊。他从不说战场上的事情，似乎他从来没有打过仗。只是夏天时候，人们偶尔会在他的肚腹上发现两个并排的伤疤。一模一样的两个伤疤，就像一对亲热的兄弟。

母亲问他，听说你哥在战场上，把你扔下不管……是真的吗？

他说没有……那次是我自己掉队。我掉了队，却捡回一条性命。

他和母亲不再说话，静静地看着桌子上的照片。照片里年轻的班长，每天都在冲他们微笑。

经典爱情事故

男人弄回一顿精美的晚餐，要和女人一起分享。女人很开心，她搂着男人的脖子，在男人脸上美美亲了一口。

男人摆好碗碟，女人打开音乐，他们甚至点了只有过节才肯点上的红烛，准备好好享用一番。

战争就是从这时开始的。

好像女人嫌男人的碗碟没有摆好，便嗔怪了一句。其实女人根本没往心里去，她是笑着说的。于是男人一边重摆，一边咕哝。其实男人也没当回事，那时他正聚精会神地欣赏着悠扬的音乐。可能男人的语气有些硬，使女人有了微小的不悦，她啪地把筷子往桌上一扔，大声还了男人一句。她高亢的发音打断了连贯流淌的音乐，把男人吓了一跳。男人注视着女人的脸，他说你怎么这么三八？

战争就开始了。

一开始斗嘴的内容仅仅停留在桌上的碗碟，声音也不大。可慢慢地，那声音就变成炸雷，内容也开始扩展。女人嫌男人不绅士，不会疼人，不会赚钱，不擅交际；男人嫌女人太任性，太婆妈，太娇生惯养，太无理取闹。突然女人摔碎了一个空盘子。其实她只想吓唬男人一下，并不想真摔东西。可是手一抖，盘子就掉了。

男人盯着她，一字一顿地说，真是不可理喻！摔了门，去酒馆喝酒。

男人生闷气，就去酒馆喝酒。

女人冲着男人的背影，骂了两句，然后走进浴池，洗澡吹头做美容。

女人生闷气，就洗澡吹头做美容。

男人刚走出几步，就后悔了。他想这又何必呢？多好的一顿烛光晚餐啊，竟被几句话给搅和了。男人想其实错还是在他，本来事情的起因就是他没能摆好碗碟。再说，即使错在她，他言不由衷地给她道个歉，又有什么关系呢？男人嘛。

男人就绅士起来。他掏出手机，给女人打电话。他想打完电话，就回家。电话通了，却没人接。挂上，再打，仍没人接。男人火了，绅士风度一扫而光。男人骂，臭婆娘！

女人刚拿起浴池的莲篷，就听到电话在响。急忙冲进客厅，抓起电话，那边却挂断了。女人便坐在那里等，她知道他还会打来。可当电话再次响起，女人却突然使起了性子。她想他今天凭什么对自己这样凶？就让他再打一次。再打一次，她就接。

可是一直等到深夜，他也没有打来。

女人坐不住了。她想他今天真的生气了吧？其实今天的事，都是自己惹的。几个碗碟而已，犯得着发脾气？女人想那就给他道个歉吧。即使错真在他，她大度一次，有什么大不了呢？

女人真大度起来。她给男人打电话。电话通了，却没人接。挂上，再打，仍没人接。女人便火了，大度的模样一扫而光。女人低声骂，死在外面吧，你！

那时男人正坐在酒馆里喝酒。酒馆里人声鼎沸，男人并没有听见电话在响。当电话再次响起，男人刚要接，却突然改变了主意。他想就让她再打一次。再打一次，当成她没接他电话的补偿。再打一次，他就接，说，亲爱的，我这就回去。

可是女人没再打来。她把自己埋在沙发里，哭。

男人等电话，等啊等啊，电话迟迟不来；女人等男人，等啊等啊，男人久久不归。终于，女人彻底失去耐性。她坐到桌边，一边骂着她的男人，一边一个人用餐。

女人早就饿了。

那是顿精美的晚餐，那是些平日里难得的吃食，本来女人想留给男人一半，可是她太伤心了，就没了节制。等发觉时已经晚了，餐桌上只剩下空的碗碟。女人害怕了。她想一会儿男人回来，怎么办呢？这么多年，不管多晚，她总是等着男人一起用餐。可是今天，她竟一个人，无耻地吃掉了所有的东西！

她不敢面对男人。她越想越怕。她决定离家出走。

她只想失踪几天。她知道，只要她失踪，男人就会着急。男人一着急，就会宽恕她所有的错误。

女人真出走了。她带上手机，带上换洗衣服，趁着夜色，逃离了城市。

女人逃离的速度很快。连她自己都纳闷，怎么会有这么快的速度？等她醒悟过来，发现已经迷路。和前几次出走不同，这次她是真正迷路，真正永远回不了家了。女人后悔了，伤心欲绝。

男人回来，不见了女人。他慌了，给女人打电话，电话里说：您拨叫的用户，不在服务区。男人很快原谅了女人的错误，他疯狂地拨她的电话，电话疯狂地说，不在服务区，不在服务区。

男人失去了女人和爱情。她宽恕了女人，却不能宽恕自己。

女人貌美如花，青春永驻。她日日叹息，不吃不喝，惩罚着自己的罪过。她想家。她想男人。可是她，真的回不了家了。

女人住着凄冷的白屋，膝上趴一只寂寞的白兔。她一遍遍拨着男人的电话。电话回答她：您的电话，不在服务区，不在服务区……

女人的住处，叫广寒宫。她的名字，叫嫦娥。

壁　虎

卧室是粉红色的。墙壁，地毯，窗帘，灯光，还有女人娇羞的腮。女人垂了眉眼，身体微微后倾。男人紧揽着她，俊朗的脸近在咫尺。男人呼出的热气让她的耳台丝丝柔柔地痒。

女人轻轻啄男人一下，然后轻轻闪开。她说让我看看你爱人的照片吧。看看她，我心里踏实。

男人细致连贯的动作被女人温柔地打断，像演奏中的曲子插播了不合时宜的广告。可是男人很绅士地微笑。他松开女人。他说，好。

……是夏夜。一只壁虎越过重重障碍，光临了男人的卧室。它悄无声息地贴着天花板，耐心地等待着飞近身旁的蚊虫……

男人从抽屉里取出一个精美小巧的像框，递给女人。像框里的女人高贵美丽，大大的眼睛毫无戒备地看着世间的一切。女人叹一口气，她说你爱人挺漂亮的。

男人没有说话。他坐到女人身边，燃起一支烟。

女人说你爱她吗？

男人深深地吸一口烟。他说当然。

女人把像框小心地斜立在床头柜上。她为那个女人感到无限忧伤。她听男人说起过她。那么光艳和典雅的女人，却因为一场车祸，永远离男人而去。她知道女人喜欢喝红葡萄酒，喜欢听海菲兹，喜欢读张爱玲，喜欢一个人在雨后漫步。她知道女人的眉间有一颗痣，说柔柔弱弱的侬语。她知道女人很胆小。她知道很胆小的女人最怕壁虎。她知道一只壁虎会让女人脸色惨白，双手掩了惊恐的脸……

其实她也胆小。她也惧怕丑陋的壁虎。她也喜欢海菲兹和张爱玲。她认为自己和像框里的女人是那么相像。甚至，她觉得像框里的女人，就是世间的自己。

她盯着那女人很久，好像要和她解开一段尴尬的芥蒂，又好像要和她商量一件难为情的大事。卧室里氤氲着袅袅的烟草香气，使得粉红的主调，有了淡薄透明的青蓝。

女人终于把目光从像片上移开，她看看男人。她说你想她吗？

男人把吸一半的香烟掐灭。他说想……有时候想……她已经去世两年多了……

女人说你是一位好男人。她再一次把头倚向他的肩，脸颊飞起粉红。男人拥起她，目光迷离多情。男人的臂膀坚实有力。男人的呼吸将她的耳台烙得滚烫。女人慢慢软了身子，身体后仰成夸张的弓……

男人吻女人雪白的脖颈……

突然女人哆嗦一下，炸一声，壁虎！鲜红的唇，霎间变得苍白。

……曲子再一次插播了令人生厌的广告。男人抬起头，发现天花板上的那只壁虎。

男人朝女人笑笑。他说，不怕。他用目光安慰了女人。男人从床头拿起一本杂志，瞄准了壁虎。杂志准确地击上去，壁虎直直地落下来。

女人抖成一团，双手掩了惊恐的脸……

壁虎落在床尾，惊惶逃离。毫无方向感的它，飞快地逃向床头。这个丑陋的家伙，此时距女人的脚，只差分毫。

男人抓起床头柜上的像框，轻轻一挑，壁虎划一条怪异的弧线，落上地毯。男人紧跟过去，举起那个精美的像框，给了壁虎致命一击。

女人听到壁虎的惨叫，把静谧的夜，撕开一条残忍的口子。

女人看到壁虎的鲜血，把整间卧室，染成一片恐怖的暗红。

女人似乎看到像框里的女人变了表情，双手掩了惊恐的脸……

男人说，不怕。拿杂志夹起死去的壁虎，开了窗子，轻轻抛出去。

男人洗了手，换好床单。他重新拥起女人。他把唇凑近她的耳朵。他说，我爱你。

女人仍在发抖。她感到刺骨的冷。她的身体慢慢僵硬。她感觉自己冻成了冰凌。

男人说你怎么了？男人说不怕不怕。男人再一次抱紧她，试图将她融化。可是男人的脸在她面前慢慢模糊，终于散开，和青蓝的背景融成一体，再也寻不到了。

女人咬了咬牙，推开男人。男人说你怎么了？女人没有应他，却穿了鞋子。男人寻到女人的手，急急地握上，男人说你到底怎么了？女人固执地甩开男人。女人说我得回去。冷。

男人追出来，在门口冲女人喊。女人没有听清，匆忙遁逃。女人独自逃进清冽的夜。路灯轻洒着橘黄的淡光，仿佛要为女人，添一缕微不足道的温暖。

女人终未寻到那只壁虎。她只看到一截轻轻抖动的尾巴，让她伤心并绝望。

女人想，她和男人，终于要结束了。

干掉周海亮

最开始只是恶作剧。我给一位房地产老板写了一封匿名信，将收信人和寄信人的地址故意写颠倒，然后在贴邮票的位置贴上一枚枯叶。我在信中说我知道你的所有秘密，你说怎么办吧？信寄出以后我仍然打工糊口，我对对方能够理我不存任何幻想。可是五天以后我收到对方的回信，贴了很漂亮的邮票，用了很标准的行楷。信的内容简短，说，您开个价吧！他这样说，我当然要开个价。于是我试探性地再给他寄出一封信，说，三万块。五天以后我再一次收到他的回信，只有三个字：没问题。

他没问题，我却有问题。我不能确定他有没有报警，不能确定他会不会派来杀手，甚至，不能确定这封“没问题”的回信是不是他对我恶作剧的报复。说白了，等于他在广场树起一根杆子，对我说，爬！于是我就像猴子一样上蹿下跳，任他戏耍。

可是在三万块钱诱惑面前，我决定铤而走险。我再一次给他去信，让他把钱打到一个银行账号上，一分钱都不能少。我想我顾不了太多——结果无非有三：一，我成功诈得三万块钱，然后携款潜逃；二，我被警察抓获，难逃牢狱之灾；三，我被他当猴耍了。后来我想坐牢也挺好的，跟打工差不多吧；被他当猴耍也没有关系，对现在的我来说，哪一天不被别人当猴耍？

我更换了住处，我认为这地方连鬼都找不到。我将房门闩紧，又在靠门的位置放一个脸盆，这样当晚上有人偷偷进来，就会碰翻那个脸盆。我开始休息，大吃大喝，养精蓄锐。明天就是我去银行取钱的日子，如果一切顺利，我将从奴隶到将军。

夜里我遇到麻烦，一位杀手光临了我的住处。他没有破门而入，他站在窗外向我连开数枪。第一颗子弹紧擦着我的头皮，将我床的头灯击得粉碎；第二颗子弹咬中我的左臂，那里立刻变得麻木；第三第四第五颗子弹打中我的枕头，枕头马上变成一只冒着热气的窝窝头。我趴缩在床下，不敢动弹，那一刻我只想保命，那一刻我视三万块钱如粪土。可是杀手很快离开，也许他认为我已经一命归西，也许他是头一次做事，心里远比我恐惧。总之他离开了，我看到他像一只蝙蝠那样拍打着翅膀飞向天空。

我极度愤怒。我再一次给房地产老板写信，我说你的这种游戏很无聊啊！三万块钱必须马上到位，否则你命休矣。对方很快回信，说钱已经汇出去，自己去取便是。于是我用丝袜做成头套，用啤酒瓶底做成墨镜；我往下巴上粘了用头发做成的胡子，往额头上粘了用毛线做成的皱纹。我揣了刀子，脸上涂抹了华丽的油彩；我戴上绣满花纹的牛仔帽，捆上宽达五寸的人造革腰带。我英姿飒爽，英俊逼人，静如处子，动如脱兔。

然后，我去银行，却非常轻易地将三万块钱取出。甚至，那个窗口小姐看都没看我一眼，她把钱扔出来，然后隔着我的身体喊，下一位！

似乎我是透明的。是玻璃，是玻璃纸，是塑料纸，是空气。

我揣着三万块钱亡命天涯。我虚构出很多杀手和警察，他们埋伏在列车上，旅店里，公园里，电话厅里，在每一棵树的后面，在每一个我已经或者可能出现的地方。我过了半年提心吊胆的日子，然后，我终于不再害怕，生活重新变得安定。这缘于我的一次洗浴经历。那天我稀里糊涂地走进一家高档洗浴中心，我问前台小姐，洗个澡再加按摩多少钱？小姐说，三万块。那一刻我如巨雷轰顶，那一刻我栽倒在地。原来，我所认为的怀揣巨款，不过是一次洗澡的开支！我想房地产老板少洗一次澡就行了，犯得着派杀手来干掉我？雇一名杀手得多少钱？怎么也得五六十万块钱吧！他已经派人杀了我一次，我认为他的投资挺大。

我开始做生意，用三万块钱当成本钱。我的生意做得很棒，我天生就是经商的材料。我做房地产生意，我变成这个领域的奇迹，三年以后，我身价千万。

我小人得志，可是这并不妨碍我呼风唤雨为所欲为。三万块钱一次的洗浴中心我去过多次，小姐们都亲切地喊我爷爷。我想自己从此真正步入到上流社会，而这一切，都得感谢那个曾经的恶作剧。

可是突然有一天，我接到一封信。那是一封将收信人地址和寄件人地址故意写颠倒的信，在贴邮票的位置，贴着一枚干枯的树叶。信中一个叫周海亮的人向我索要三万块钱，他说他知道我的所有秘密。我当然不信，可是我当然害怕。

于是我派出杀手干掉他，毫不犹豫。这价钱远远高过三万块。

第二天我正在办公室里喝茶，突然接到杀手的电话。杀手说他成功了，夜里从窗外连开五枪，将周海亮打死在床上。现在所有的威胁都不复存在，你还可以继续做你的大款，做你的企业家。

我很欣慰。这正是我所预料的结果。可是我突然想起我就是周海亮，信就是我发出的，树叶就是我贴上去的，现在我被打死了，那么现在的我，又是谁呢？

杯子上突然多出一个洞。于是，很显然，我被自己干掉了。

梅 花

梅花是一处小镇。梅花是一位姑娘。

小镇民风淳和，鸡犬相闻。梅花娇小玲珑，温婉湿润。梅花端着簸箕，唤来鸡崽，撒一把米，又拾级而上，倚了门，眺望不远处的戏场。戏场上锣鼓喧天，人声鼎沸。一年一度的掰手节是梅花镇的节日，是梅花百姓的节日，更是梅花的节日。不过今年梅花不想去戏场，不想去看那些憋红脸的后生。戏场上没有强壮墩实的冬青，又怎会有她的心思？

梅花的心思，全在千里之外的小城。

是在掰手节上认识冬青的。梅花躲在一群唧唧喳喳的姑娘身后，双手遮了眼睛，却又透过一指缝隙，偷看冬青棱角分明的脸。冬青的脖子上凸起青筋，手腕上凸起青筋。他胳膊上的肌肉一蹦一跳，汗珠们被弹起很高。然他的表情是微笑的，胸有成竹。冬青战无不胜，淡褐色的眼睛，绽放出迷人的七彩。

后来就认识了。小镇本就不大。何况女伴们从她的目光里读出一切。更多时两个人面对面坐着，啜着清茶，却不说话。突然四目相对，梅花粉了腮，忙起身，去厨房给冬青煮两个荷包蛋。那鸡蛋青壳，椭圆，有着磨砂般的质地和光泽。天近黄昏，小镇染上胭脂一样的粉红。

两个人订下终身，没有承诺，全是用了眼神。然后冬青去了城市，他说他得给梅花攒下五间像模像样的房子。

可是梅花不喜欢城市。城市太吵，太闹，太大却太挤，太干净却太肮脏。城市让她手足无措，心神不宁。梅花只要小镇，只要冬青，只要他们安稳的日子。冬青去了城市，那一年，镇上的掰手节索然无味。然后冬青写信回来，说他冬天就回。回来，就把梅花娶了。冬天里他果真回来，却没有娶下梅花。他说他还得打拼一年，一年以后，五间房子，就变成了楼房。

梅花镇没有楼房。楼房不该属于这样详和悠闲的小镇。梅花与冬青面对面坐着，梅花的眸子里，刮起了风。她问冬青你真的喜欢城市吗？冬青不说话。她问梅花镇不好么？冬青说，好。她问我不好么？冬青说，好。她问那么，你真的喜欢城市吗？冬青便不再回答。梅花起身，去厨房为冬青煎蛋。厨房窗前开着两丛梅，白的似雪，红的似血。

梅花终于决定和冬青一起去城市。尽管她讨厌城市，可是她喜欢冬青。她知道冬青不想再回来，她知道梅花镇的楼房不过是他的一个借口。春日里的阳光暖洋洋的，梅花端坐小院，一方手帕上绣着傲雪的梅。忽然就想起是暮春了，暮春里，梅花们早已凋落，新叶却未及长出。梅花有些惆怅，收了针线，回到屋子。鸡崽们唧唧喳喳，尖尖软软的嘴巴啄着木门，噼噼啪啪地响。

夏天里冬青来信，说他在城里买了房子。信里夹了很多照片，冬青站在屋子的每个角落，英俊魁梧。仿砖墙的电视墙让梅花犯晕，黑色的抽油烟机让她想起古老的木门；地板亮得耀眼，防盗门牢不可破。梅花盯着照片出神，这是她的家吗？她试图将自己放进照片，却无论如何，也放不进去。

秋天里冬青没有回来。他答应过梅花要参加最后一次掰手节的，可是他竟食言。他甚至没有写信回来。没有冬青的掰手节，连男人们都觉得没劲。掰手节匆匆而去，梅花的心撕成碎片，花瓣般撒落一地。

冬天里冬青失去音讯。梅花斜倚门前，顾目远盼。她的手里依然绣着一朵寒梅，她的手白皙透明，淡蓝色的血管清晰可见。

梅花站在牢不可破的防盗门前，敲门。她敲了很久，终见她的冬青。冬青穿着睡衣，睡眼朦胧，神色疲惫。他的身后跟着一位女子，那女子眉眼精致，长发披肩。那么，似乎一切都不必再问。那么，似乎一切都已经结束。梅花笑着退出，又捂了脸。眼泪掉落地上，击穿一方青石。

早春时梅花再一次见到冬青。冬青躺在医院，脸色蜡黄。这就是那个牛般强壮羊般腼腆的冬青吗？这就是那个不想生活在小镇的冬青吗？冬青看她一眼，笑。冬青说我骗了你。当我发现自己喜欢小镇，已经晚了。当我发现自己真的离不开你，已经晚了。天让我走，我不能不走。冬青说，我真的不想离开你。

梅花与冬青的婚礼在几天以后举行。那一天，其实是冬青的葬礼。梅花捧着冬青的照片，一袭长裙。她用了小镇传统的装束，她认为冬青会喜欢。照片上的冬青，憨厚地笑。

梅花躺在孤零零的城市，躺在冰凉的木地板上。梅花烧掉绣了大半的梅花，烧掉她所有的心思和往事。那火焰温柔地燃烧，又猛然蹿起，瞬间填满房子，将梅花包融。火焰中响起梅花的歌声，歌声婉转悠长，丝丝缕缕，顽强地穿越城市，回到那个叫做梅花的小镇。

是早春。世间的梅花在早春里开放，我们的梅花在早春里凋零。

肚子痛，找老宋

肚子痛，找老宋。老宋家没有，找老九。老九在家磨菜刀，割出个大屎包。肚子好了。

什么意思？什么意思也没有。不过一首歌谣。那歌谣伴他度过童年。那歌谣是治疗肚子痛的重要手段。

那时的胶东半岛，孩子们经常闹肚子痛。痛了怎么办？就要听歌谣：肚子痛，找老宋。老宋家没有，找老九……一边唱，一边用手在肚子上轻轻地揉。歌者和揉者多为长者，或爹娘，或爷奶，甚至，哥姐。揉那么一会儿，唱那么几遍，肚子就不痛了。还痛怎么办？还痛就要吃罐头。爹娘不知从哪个角落里抠出几毛钱，去村头小卖部买一瓶水果罐头，回家，把罐头倒进碗里，全吃全喝下去，肚子就不痛了。肯定不痛了。痛也得忍着，因为歌谣也唱了，罐头也吃了，再也没了办法。

他的肚子，一年痛两次。一次是春天，一次是秋天。春天里可以吃到塔糖，秋天里可以吃到罐头，他把肚子痛的时间，拿捏得恰到好处。塔糖是公社分下来的一种驱虫药，圆锥形，白色，形状如塔，外面裹着厚厚的糖衣，很甜，可以当真正的糖吃。孩子们吃掉一颗塔糖，第二天早上，就会屙出一根根白色的虫子。那些虫子甚至轻轻地蠕动，让他感觉非常有趣。姐拿着草纸或者苞米叶候在旁边。姐对他说，快点屙！

每到分塔糖的日子，大他两岁的姐就会穿上最漂亮的衣服，领他去了村部。塔糖每个孩子一颗，领到塔糖的孩子，马上把塔糖塞进嘴里喀喀地嚼。他也嚼。一边嚼一边紧张地看着姐。他怕姐也把塔糖塞进嘴里嚼。他一边嚼塔糖一边跟姐往家走。然后，他的肚子就会痛起来。肚子痛的时间总是塔糖刚嚼完的时间。他痛得龇牙咧嘴，怪叫声声。这时姐就会唱起歌谣。姐说：肚子痛，找老宋。老宋家没有，找老九……一边唱，一边把一只手按到他的肚子上。仍然痛，更痛了。这时姐只好献出她的塔糖。姐说吃我的塔糖吧，吃了，就不痛了。他接过塔糖，毫不客气地塞进嘴巴，幸福地吞咽着甜甜的唾沫。他的肚子当然不痛了。没有再痛的必要。

回了家，娘问塔糖呢？姐说吃了。娘问谁吃了？姐说弟一颗我一颗。娘说猫枕鱼头睡不着觉……快吃饭吧！饭是千篇一律的煮地瓜干。他吃了塔糖，好几天都咽不下一口地瓜干。

整个夏天里，他的肚子不会再痛。痛也白痛，既没有塔糖，也不会有钱买罐头。然后，秋天到了，爹娘肯定有一点儿钱，他的肚子，就痛起来。

他躺在炕上，呼天喊地。娘用手轻轻揉着他的肚子，唱：肚子痛，找老宋。老宋家没有，找老九……还痛吗？他说，痛。娘就让姐接着给他揉肚子。姐唱：肚子痛，找老宋。老宋家没有，找老九……还痛吗？他说，痛死啦痛死啦！娘接着再揉，再唱。不到万不得已，是不能买罐头的。那东西，不是为庄稼人生产的。

可最后娘还是从某个角落里抠出几毛钱，去村头小卖部买回一瓶罐头。娘把罐头倒进碗里，跟他商量，给你姐留点儿吧？他不说话，捧起碗。姐说我不吃，我肚子又不痛。他把果肉和汤水吃得呱呱直响。娘再商量，给你姐留点儿吧？他说，好。把碗放下，那碗已经空了。有时他还把碗拿起来重舔一遍。他像一头舔槽的猪。

公社分了五年塔糖。五年里，他吃掉十颗塔糖，五瓶罐头。

那年秋天，姐的肚子突然痛起来。开始她坐在炕沿小声哼哼，后来她躺下来，在炕上打滚，汗哗哗地淌。娘摁住姐，一边给她揉肚子，一边唱起歌谣：肚子痛，找老宋。老宋家没有，找老九……还痛吗？姐不说话，只是点头。她的头发沾在脸上，脸白得可怕。娘继续唱她的歌谣，唱一会儿再问，还痛吗？姐不说话，也不点头。她看着娘，目光像烛光一样飘忽不定。娘慌了，她从屋角抠出两块钱，赤着脚跑向村头的小卖部。那天屋子里挤满了乡亲，乡亲们轮流上阵，为姐揉肚子，唱歌谣。他们的双手不断动作，他们的歌谣不敢停歇。那天娘抱回两瓶罐头，她把两瓶罐头全部打开。她用勺子舀一块果肉，靠近姐的嘴。娘说你吃，吃了就不痛了。姐不吃，眼睛阖上，烛光便熄灭了。娘说那你闻，你快闻。姐不闻，连呼吸都没有了。娘开始哀号，满屋子人一起叹气抹眼泪。姐就这样死了，姐死那年，正好十二岁。

姐在世上活了十二年。大他两岁的姐，从没有吃过罐头和塔糖。姐的死跟罐头肯定没有关系，可是他不知道，姐的死，跟塔糖有没有关系？

他常常梦见姐。梦见塔糖。

多年后儿子肚子痛，吃了药，仍然撒娇。儿子说爸你给我揉揉肚子，唱个歌听。他就给他揉。他一边揉一边唱：肚子痛，找老宋。老宋家没有，找老九。老九在家磨菜刀，割出个大屎包。肚子好了。

一旁的妻子就笑了。她问老宋是谁？

他说，我姐。

你姐？

还有我娘。

你娘？

是，我姐，我娘，我爹，我爷，我奶，我故乡所有的乡亲。他说。

文笔挥洒　玉成高格

——周海亮小小说创作简论

高　军

平时的交往中，感到周海亮是一个非常低调的人，很多需要发言的时候他总是推脱，私下也不喜欢张扬。但是，他的为文却是神采飞扬的。近年来，他以其奔涌的才情，写作了大量各种文体的美文，小小说创作更是频频出彩。

周海亮的小小说最可贵的是时常体现出向善的生命与力量的品质向度。其实生活中处处存在着善，并不是像有些标称先锋的写作者描述的那样，人物的内心感情和外部动作冷酷、乖戾、病态。善是生活的一种本质，是人的一种本性，也是伦理秩序和社会秩序得以维持的根本基础。有善才有爱，才有让人感动的根由和力量。善存在于普通的生活中，在每一个普通人的心灵深处，体现在我们身边的一些细节中。文学有发现善的本领，引领善的责任，弘扬善的义务，倡导善的生命与力量。周海亮在这个向度上是不遗余力的。如他广受好评的小小说《刀马旦》就是一篇温馨的叙事歌谣，小说以刀马旦精彩的表演入笔，与她演对手戏的武生看到她经常沉默寡言，就邀请她喝茶，后来得知她的丈夫曾想结束他们的婚姻，她的家庭生活并不幸福，从关心进而喜欢上她，并以为找到了自己的爱情，但是刀马旦坚决拒绝，后来到外地演出时发生火灾，武生拼力从大火中救出了刀马旦，二人终于坐进了茶馆，在武生再次表白时，她邀请他星期天到家中去，武生上门看到她正在家中穿着演出服为瘫痪在床的丈夫表演着，在丈夫的喝彩声中，武生与刀马旦进行了一次最成功的演出。作家以自己的眼睛去观察和体验世界，以温暖善良的意愿去接近普通人的内心世界，以刀马旦的智性拒绝来激活人的感受和对爱情的忠诚、对苦难的承担，作家让人物真实可信地超越了一己的悲欢，深入到人性生存现实中善的境地。小说既写了人物面对苦难的勇气和安闲，更氤氲出为苦难的世界带来的安慰和温暖，平淡而艰辛的生活因为人物的博大善良而变得美好，紧张的人物关系在作家的巧妙安排下，演变成了真，演变成了善，演变成了美，给生活带来光明和温馨，深深地打动了我们，让我们感到一种和谐、体恤，让我们真切感到生活天地中不是光有丑恶和残忍，更存有爱和美。在小说的结尾，作家让人心之善驱动叙事伦理的发展，紧张的对峙和冲突得到化解，充满了动人的诗意，“刀马旦朝他笑笑，不等了？武生说，不等了。刀马旦说，真的不等了？武生说，不等了。”作家以诚挚讴歌人间的善，引领人们超越世俗迷茫，巩固道德伦理。温暖的感情叙写，优雅而浪漫，把小说推向高潮，使小说有了一层金色的神圣之光，赋予了小说以感人的力量。读这样的作品，不啻聆听一首庄严的善的安魂曲，在一种娓娓动人的悠扬乐曲声里，人生命中向善的那种本性被激活，并刺激这种向善的力量不断滋生壮大。小说中的人物和人物的转变真实可信，读者也被带入了一个温暖的世界。小说写得力透纸背，是作家对自己固有写作风格和叙事模式的重要超越。

周海亮在给人以温暖的同时，注重倾力对人性的挖掘，使他的小小说具有了丰厚度。小说必须突出创作主体独特的个人体悟，细节具有超越的姿态并落实到超越于经验性的层面之上。《立秋》在写法上力求出新，正面写马排长英勇进攻打败了敌方的亲兄弟，兄弟俩各为其主，忠勇壮烈。战云消散，三弟临终前，亲情凸显，嘱咐照顾好娘。马排长打胜了，可从此总感到特别冷，后来逃到台湾，住进了密不透风的豪华大宅，仍感到到骨到心的冷。小说选择的叙事角度已经表明了，小说不是写一种简单的意识形态的判断，而是立足于人性内容，这样作家就找准了故事的敏感部位，运用了声东击西的智性方式，揭示那人性深处的复杂冲突和情怀。小说不动声色，层层展开，落脚在人性的深入挖掘，拷问人性的矛盾和危机。兄弟俩都尽了忠，但却不能尽孝，但这只是一个浅层次的表露，作者写的不是这个，作者写的是回到内心的深层次的剪不断、理还乱的亲情和人性深处那尖锐的自我冲突、自我绞杀，小说异常丰实。细节上的残忍，显出故事的冷酷，也只有这冷酷的叙事，人性的反思才更加真实，更能打动人。生与死的惨烈，更显叙事功力。《二叔的胡琴》看似不经意的叙述着，二叔因会拉胡琴被选入县京剧团，喜欢上一个唱花旦的姑娘，后被团长赶回乡下，二叔仍自娱自乐地拉着胡琴，一年后县剧团来演出，二叔在台下把胡琴拉得震天响，听众要求他上台，二叔与花旦演了整整一个下午，把花旦的嗓子都唱出了血，二叔折断胡琴，再不拉琴。在那如泣如诉的胡琴声中，作家冷静地展示的是各色人生，里面有辛酸，有温情，有无奈，有隐痛。作家动用了几个鲜活的细节将平静生活内部的各种艰辛和疼痛、人物内心的龃龉，把人物的情感伤痛以及凄婉无奈，表现得尖刻冷漠。作家以一种游离的叙事姿态，鲜活地展现人物内心深处异常隐秘的精神状态，凸显出耐人寻味的审美意蕴，复杂的叙事伦理显示了文体的扎实立足点。

周海亮是一个极具才情的作家，他的笔任意挥洒，皆能成文章，显示出多种叙事格调。《丢失的梦》是一篇读来令人震惊的充满现实感的作品。母亲总是念叨自己的梦，儿子也不厌其烦地听着。与其说母亲念叨的是梦，还不如说是对过去现实的回忆，父亲当年为了救妻子和儿子被大水冲走了，这一幕在母亲心中留下了永久的创伤和感念，“槐年轻的父亲，总是固执地在她梦里出现”。母亲整日生活在絮叨梦境的自说自话中，槐的一位学医同学建议说：“她不需要梦，她只需要更深的睡眠。”于是槐按照医生的建议让母亲食宿，母亲真的没梦了，但母亲说：“如果梦中不能相见，我靠什么，活下去呢?”结构巧妙，细节鲜活，叙述克制，艺术上显示出一种成熟的写实风格。而《上帝的恩赐》走的是另一种路子，采用的是寓言风格，荒岛上与世隔绝了几百年的土著部落偶尔捡到一个酒瓶，被酋长青睐，并因曾吓走巨蟒救了酋长更被认为具有神力的“上帝的恩赐”而供奉起来。多年后外敌入侵，土著被打败，酋长带人偷袭进行最后一搏时，却发现敌人手里都有“上帝的恩赐”，立即撤离，功亏一篑，并从此甘心情愿地当奴仆。小说围绕酒瓶这个道具的设置，让人在强烈的体验中，思考信与疑、存在与世界、现实与未来等一系列问题，机智幽默中包含的反讽性暗示引人追索寓言性故事背后的深意。《请求支援》则以声部的转换取胜，前面写得古朴、紧张，好似一场古代或异域的战争，画面逼真，有一种引人入胜的悬念感和紧张感，仅这些仍然是一种司空见惯，并不让人觉得别致新鲜，但是作家的叙述腔调和情感态度改变了这一切，提升了小说的美学品味，在后面主人公陷入绝境时，文本转入一种舒缓的叙述旋律，让人物向自己的母亲求援，但让人感到悲哀的是，孩子打的是一场网络游戏，而向母亲求援竟是以要学费为名骗母亲五百元钱来把游戏打完，母亲说：“好。我马上照办。”文本由热到冷后，此时又由冷到热，母爱凸显之时，冷又随之而来。作家耐心地展开叙事，细致地进行描写，精心地使用语言，显示出一种成熟的驾驭能力、审美气质和艺术风貌，表现出一种恰到好处的分寸感和平衡感，显得真实自然，让我们看到了一种真实的人生和人心图像，感到了更为有力的艺术冲击力。而《巢》则以角度取胜，以一个傻子为主人公，构思巧妙，角度刁钻，傻子原住的西城和一个大村落没什么区别，他就睡在草垛里，后被推土机推走，他只好来到东城，可推土机又追了过来，最后他只好住在树上，可一个开杂货店的姑娘要男友赶走他，男孩用白色颜料只在树上画了一个圆圈并在里面写上一个“拆”字，傻子就一路泪水挥洒号啕而去。作家以深藏的温情体贴，细致委婉地写出城市化和现代化进程对人的挤压，显示出社会转型时期生活在底层的弱势群体的坚守和不断退却，为我们了解时代提供了信息，让读者感受到小说艺术特有的艺术魅力和吸引力。特别是结尾这一细节，那刺眼的白白的“拆”字，不但赶跑了傻子，更沉重地压在了每一个人的心头，有充分的回味余地。

周海亮的小小说对生活在底层的弱势阶层投入了极大的关注目光，以一种极具智慧的叙述手段，在冷静客观的白描中关注人的生存和人性问题，增强了小说的可读性和耐读性，起到召唤人们以觉醒的情怀积极关注底层世界和精神家园的双重作用。

周海亮写作涉及的文体多样，有时偶尔会有表现手法越位的问题，有些小小说出现了点题的结尾，致使小小说的含蓄蕴藉有所流失，作为小小说，其实去掉点破的结尾，会更有艺术韵味。

小小说的精致感

——读周海亮小小说集《刀马旦》有感

陈尔耳

在不到二千字的篇幅里，要想将一篇小小说写得有声有色有滋有味实属不易，周海亮却在这块狭窄局促的空间里闪转腾挪，运动自如，写下了一篇篇让人感叹、惊叹、赞叹的小小说。

《刀马旦》此文紧紧抓住武生情感的波动这条线索，将刀马旦对爱情的坚持刻画得格外动人。

“他（武生）认为，他终于找到了自己的爱情。他可以等。哪怕长久。”经历一番波折之后，“刀马旦说，真的不等了？武生说，不等了。”

一个“等”字，包藏着情感万千。

《请求支援》一开始就将读者引入到了一场剑拔弩张生死攸关的战争之中，让人像观赏一部武侠电影，在读者一步步去关注主人公“你”的最终命运时，作者却笔锋一转写道：“即使在虚拟世界里，最后一位给你支援的，也肯定是你妈。”原来文中的“你”就是一个沉迷于网络游戏的孩子。

在这篇小说中，作者仿佛设置了一个庞大的口袋，在你投身其中的时候，作者将口袋口一扎，会让读者一下乱了分寸。特别是作者运用第二人称“你”，让人有身临其境之感。

《一条鱼的狂奔》整篇小说是对现实生活中世风日下的刻画，读来让人感到有种密不透风的压抑，有种想狂奔、想逃离的感觉。我们或许都会为整日奔波在城市里的那位安装工感到不值，但是一句“谢谢你啊”却让安装工“泪洒成河”。在他看来，这声“谢谢你啊”的冲击力不亚于他手中的冲击钻，因为这让他感到这个城市还有光，还有希望，还值得自己待下去，所以“他想他明年，可能还会留在这里。他知道这个城市需要他，用极度别扭和危险的姿势，将坚硬的混凝土外墙，钻磨出一个个大小不一的圆孔”。但愿这圆孔能透气，也能透光。

《二叔的胡琴》中几次出现：“二叔只拉京戏。他的胡琴是给人伴奏的。却只有灰尘围绕着演奏中的二叔。那些细小的微粒跳着细小的舞蹈，急切地想把二叔的抬头纹填满。”这个细致入微的细节刻画出了二叔耿直、落寞的形象。这似乎在暗示二叔的一生注定是个悲剧。

《丢失的梦》中，父亲去世后，“母亲的梦千姿百态，千奇百怪，千头万绪，千变万化。”

梦似乎与母亲纠缠不清，千回百转，不绝如缕了，但母亲却乐此不疲，正如母亲说：“如果梦里不能相见，我靠什么活下去。”——梦成了维系母亲生存的力量，这梦成了母亲的所拥有的一切——“年轻的父亲，总是固执地在她梦里出现。

原来如此！爱情具有让人愁肠百结、日思夜想的力量！

《粉刺》中，当已近不惑的老张，借为汪丽挤粉刺的机会，抱紧了年轻的汪丽时，汪丽却挣脱了，她说：“对不起张大哥你太幼稚和冲动了。然后她走了，脸上带着那个挤了一半的粉刺。”

这个“挤了一半的粉刺”就像巨大的讽刺，使得整篇文章像个黑色幽默。这“粉刺”，难道不是潜伏在每个人身边、每天都在潜滋暗长着的诱惑吗？

我们又该如何抛却这些诱惑呢？

《无奈酒阑时》，题目出自宋代词人叶梦得的《虞美人》：美人不用敛蛾眉，我亦多情，无奈酒阑时。

此文哀婉动人，写出了妓女糖儿多情时的无情和无情时的多情。

《长凳》一文因为一条长凳，竟然闹出了人命。作者将农民小农意识中的斤斤计较，以及人性中存在的丑恶刻画得令人不寒而栗。“我们捞到了很多东西，但我们依然贫穷。”——这是某种意义上，农民的集体的真实写照。

《上帝的瓶子》中，那个酋长手中的瓶子，俨然成了最高权力的象征。但瓶子毕竟只是一个普通的瓶子，不是无所不能的上帝。在我看来瓶子就是愚昧和麻痹无知人的工作。

《请她来吃顿饭吧》这是一篇读完让人心酸落泪的故事（这好像是作者的强项）。老家伙一辈子以修鞋维生，一生卑微，穷困潦倒，所以一直为儿子找不到对象自责。但是在他一遍遍地重复“请她来吃顿饭吧”后，却仍然不知道能否挽回儿子失去的爱情。

《巢》是一篇对现代都市中拆迁改造的反思。拆了，迁了，改造了，城市越来越现代化了，人类最终就能生活舒坦吗？人类又将去向何处？“傻子盯着柳树看了很久，突然号啕。他跑上前，搂抱着树干，忧伤地亲吻着古老干裂的树皮。然后他跟柳树告别，转身离开，一路挥洒泪水。树干上画着一个白色的圆圈。圆圈里写着一个白色的汉字：拆。”

文中的傻子真的傻吗？一定程度上，难道他不是象征着最原始、最朴素的生存愿望吗？可是最终的结果怎么样？就连他居住在柳树上，世人也容不下他。

傻与不傻，似乎很难判定，或许只有时间才能鉴定。

《帘卷西风》与《无奈酒阑时》一样，同样写爱情。女人似乎是善变的动物，当现世安稳，岁月静好的时候，几个人能守住自己内心的平静。男人似乎也是如此。

“美貌是狐的天堂与地狱，幸福和悲哀。”但是当狐不惜自毁美貌，只为追求所谓的真爱时，还是让人唏嘘不已。爱情是盲目的，所以我们能理解。

《冷夜》这篇小说极具画面感，却让人感到异常血腥。他，一位农民工，出门在外，但他恋家。文中一再强调：“他想起家乡，想起父亲，想起院子里的无花果树。”这给人温暖，却更加反衬结局的“冷酷无情”：因为在超市未结账之前吃了一颗绿色的无花果，却被超市保安口喊抓贼，不停追赶，惊慌失措中他遭遇车祸，文中小小的无花果藏着他对家人的无限思念，却也成了他最终的归宿。

《叫大瘤的孙洱》全文围绕着孙洱脖子上的大瘤展开叙述。文中写道："大瘤花掉六年的工资割掉了陪了他二十年的大瘤，却割不掉随了他二十年的外号。大瘤觉得这个钱，花得真不值。"通过此文我们可以想见：当大瘤听到"孙洱"（往往被问道孙什么玩意儿）时，他眼睛里一定流露出光芒万丈。

名字虽然是个符号，却关系到一个人的尊严。

《酒醉的谭哥》一文中，谭哥的生存哲学："只要是酒局，就得有一个人站出来被别人当猴耍，这样大伙才能高兴，才能尽兴。"而且"他的伟大之处在于，能把这样的一个节目，天衣无缝地表演二十年。"此文无疑是对现实生活某些现象的揭露。

这不禁让我们感叹：一个人的隐忍时间竟然可以这么长久（直到谭哥退休），但一般人能隐忍到那个时侯呢？

《木枪》一文正如作者开篇所言：历史有时候真的是"荒诞不经"的。

《立秋》一文读完让人感到好像写得比冬至还要冷。战争是无比残酷的，即使是亲兄弟有时候也要兵戎相见，拼个你死我活。当读到"他疯狂地往豁开的肚子里塞那团肠子。他塞啊塞啊，总塞不进去"时，不禁让我想起了我弟弟。潸然泪下。

关注周海亮的文章，最初是从看他那些所谓的"心灵美文"开始的，不觉之间他已经华丽转身。他以丰富的作品题材，充满质感的文字，精雕细刻的精妙细节，汩汩流淌的充沛情感，让人感受到他滔滔不绝的才情。

但是，我想如果文章过于拿捏，有时候会让人感觉不自然。

是为我的一孔之见。与海亮兄及其他朋友交流。

周海亮小小说《请求支援》赏析

冯志伟

初读周海亮小小说《请求支援》的人都会惊赞且叹服作者那精湛而高超的构思，全文百分之九十的笔墨都在集中刻画一个武功高强、行侠尚义而又充满个人英雄主义的“剑客”，即主人公“你”。非读至文末，我们总会一直把它误读为一篇作者精于虚构巧于语言的武侠小小说。准确点儿说更像一篇古龙风格的充满刀光剑影、血雨腥风的武侠小小说。心中会对文章的主题和作者的意图揣测思量再三。等到了结尾，我们心中的疑团才豁然一一释解：哦，“你”那样“笑傲江湖”、“困于江湖”，原来是“你”指间操纵的网络游戏啊！我们惊叹于作者极其娴熟且不露声色的“抖包袱”技巧，同时更能从中真实感受到时下网络游戏带给未成年人的莫大毒害，以及作为后盾力量的母亲的伟大！

其实，在卷帙浩繁的文学作品中，歌颂伟大的母爱一直是作家们高举着的鲜明旗帜。不管是飞黄腾达荣华富贵，还是潦倒落魄穷途末路，母亲，永远是我们心灵深处的依靠！伟大史学家司马迁曾说：“夫天者，人之始也；父母者，人之本也。人穷则反本，故劳苦倦极，未尝不呼天也；疾痛惨怛，未尝不呼父母也。”本篇小小说就是这句话最好的诠释。“英雄末路”，能够救援“你”的只有“你”的母亲。尽管“你”凭的是谎言，但母亲的爱却是真实的，永远没有虚假成分的！

视角标异辟蹊径，精巧切入布华章

一篇文章能否成功，很大程度上取决于作者是否选取了最有效的角度。这里说的“最有效”指的是角度不仅要恰当合理，还要“不走寻常路”，敢于开辟“新航道”。古人曾云“一树梅花万首诗”，就是说对于同一个事物，或表达同一个主题，不同作者选择的切入角度是不同的，写出的文章也自然呈现出不同的内容。《请求支援》这篇小小说选取的角度就十分独特，有别于常见的表现母爱主题的文章。以惊心动魄的网络游戏来展现母爱，在跌宕起伏的武侠情节中刻画一个落拓的“英雄”——网络游戏的操作者，在游戏中的失利，导致“你”“侠客梦想”的真实破灭。在这种情况下，作者很自然也是水到渠成似的笔锋一转——“你”无奈之际想起了“你妈”，便开始撒谎“请求支援”。结果“你妈”很爽快地“照办”了。“你”便开始了“你”的“英雄之旅”。

从这一点，我们不得不佩服作者所选视角的独特性。以貌似武侠小说的笔法演绎真实的网络游戏。以收放自如的情节叙述展示人物焦灼不安的心理波澜，让读者领略了“江湖”的纷争与人情冷暖，从而进一步挖掘出了真实生活中的母爱的伟大！也让读者由之前的紧张刺激转入到深沉的思考。对此。我们不能不承认这是一种创作领域的拓展与创新，是一种成功的尝试。由此，我们更加坚信了选择最佳的切入角度对一篇文章的重要性。

娴于语言工于章，切中要害显主旨

从作者浅易而晓畅的语言叙述中，我们可以感受到作者极其娴熟的语言运用技巧，不饰雕琢，但为自然。古人为文讲究“欲其易晓而难为，不责难知而易造”。说的就是语言的明白晓畅，质朴自然。该小小说文句还有这样两点突出特色：

一、语言生动形象，极富立体感。在塑造英雄人物形象时，作者从

“你”的兵器、威力等角度泼墨描写，如“只需轻轻按下暗簧，即刻会有数不清的细小钢针射向敌手，状如天女散花。天女针一次可以杀敌八十，中针者天下无解”等，这些语言形象生动，将人物刻画得栩栩如生，跃然纸上，使读者仿佛看到了一个行侠仗义行走江湖的“剑客”。

二、句式散化，富有张力。作者在全文的叙述中多用散句，行文流畅，干净利落，不拖泥带水。如文中写到“你”的妈妈，言辞简练：“你向你妈求援”，“你妈六十多岁”，“你妈是一位农民”，“你妈连鸡都不敢杀”。这些语言中无一余字，形象又极具意蕴，很有表现力。

作者卒章显志：“即使在虚拟世界里，最后一位给你支援的，也肯定是你妈。”“虚拟的世界”与“真实的母爱”形成了较大的反差，这种强烈的对比体现了母爱的伟大性和随时随地性。同时，该小小说还切中了时弊：网络游戏的泛滥严重干扰了未成年人的健康成长。网络游戏的诱惑让他们沉溺其中而欲罢不能，网络暴力更是成为他们成长路上的一大障碍；健康、远大、合理理想的缺失让一些未成年人迷失了追求方向，文中“你”盲目的“武侠梦”便是证明。这也是该小小说带给社会的一个警示。规范网络游戏，摒除网络暴力，为未成年学生营造一个干净健康有序的社会环境已成为了一个刻不容缓的问题。同时，更应加强学生的人生观及理想观教育，使之牢牢树立远大的理想目标，让他们在理想的阳光下快乐成长！

小小说风格谈

周海亮

普遍的认定是，小小说在中国是一种新兴文体，产生于上世纪八十年代，或者七十年代，或者六十年代，五十年代，等等。但我的看法是，这个时间还要往上追溯，至民国，至清，至明，至元，至隋唐，至先秦，至刚刚产生文字甚至尚未产生文字的时代。以《诗经》里的《关雎》打个比方：关关雎鸠，在河之洲。窈窕淑女，君子好逑。参差荇菜，左右流之。窈窕淑女，寤寐求之。求之不得，寤寐思服。悠哉悠哉，辗转反侧……短短几句，有时间，有地点，有景物，有人物，有情节，有细节，有心理，有声音，有动作，有留白，有主题，那么，其无疑就是一篇完整并且优秀的小小说了。类似例子，举不胜举，比如《韩非子》里面的《智子疑邻》，《淮南子》里面的《塞翁失马》，《太平广记》里面的《蛇衔草》，《百喻经》里面的《杀驼破瓮》，《广笑府》里面的《主仆对》，《聊斋志异》里面的《狼》，等等。可以这样说，我国在各个时代都产生过大量优秀的小小说，只不过由于小小说文体尚未被接受，小小说概念尚未被提及，因此绝大多数小小说被划入诗歌、散文、故事、寓言等范畴，于是便有了“小小说产生于上个世纪”的错误说法。我认为正确的说法应该是，小小说概念的被提出，小小说文体的被承认，小小说文本的被重视，小小说理论的被重视，产生于上个世纪——而绝不是小小说本身——小小说与其他门类文体的交叉与模糊并不能够否认小小说的长期存在。

在国外，小小说也是由来已久。并且小小说绝不是哪个国家的哪个作家所独创和发明出来的文体，它是文学创作发展到一定阶段必然产生的一种文学现象，一个小说家族中不可或缺的分支。比如我觉得《伊索寓言》几乎就是一本荒诞小小说集子，《格林童话》更是将这种荒诞夸张的形式发挥到极致。而到了近代、现代乃至当代，国外专事或者兼营小小说的作家更是数不胜数。比如俄罗斯的契诃夫、屠格涅夫，法国的莫泊桑、都德，美国的亨利·米勒、玛丽·迪拉姆，土耳其的阿吉兹·涅辛、奥尔汉·凯马尔，意大利的柯拉多·阿尔瓦洛、伊塔洛·卡尔维诺，英国的沙奇、曼斯费尔德，日本的星新一、都筑道夫，印度尼西亚的金梅子、希尼尔，瑞士的瓦尔特·考尔，瑞典的谢尔玛·拉格洛芙，斯里兰卡的吉纳瓦尔特娜，匈牙利的厄尔凯尼，等等。一个重要的现象是，这里面的很多作家甚至绝大多数作家并不是专一的小小说写作者，他们一边坚持中短篇和长篇写作，一边坚持小小说创作，比如亨利·米勒，莫泊桑，伊塔洛·卡尔维诺等等。我想这至少说明两点，其一，小小说虽然是小说家族里的一个重要分支，但其前提还是小说，不能也不应该与中短篇乃至长篇小说分离开来；其二，小小说无疑是一个独特的门类，有着中短篇小说和长篇小说所不能够替代的艺术品味，因此吸引来大批优秀的作家甚至大师级的人物加入到小小说的创作队伍里来。至于卡夫卡的诸多短小篇什如《铁桶骑士》《在阁楼上》《新灯》《切不开的面包》等等，则更是这位大师献给小小说世界的不朽华章。面对他的这些切片式的、碎片式的、幻灯片式的、“悖谬”式的篇幅短小的文章，又有谁敢说卡夫卡写的这些，不是小小说呢？

于是问题就来了：小小说发展到现在，到底发展到哪种程度？是初级阶段？是中级阶段？还是高级阶段？百姓到底需要怎样的小小说？是要主题还是要故事？是要主题先行还是要故事先行？小小说发展到现在，到底是读者的需求，还是文学本身的需求？我想这些问题，绝没有人能够说得清楚，任何一种论断的反面，都有无数种论断可以进行天衣无缝的反驳。但大约的事实是，小小说发展到现在，应该是一种很成熟的文体了，比如字数的限制，立意的明晰，等等。既然如此，我想，作为一门独立并且独特的艺术，小小说也应该有其独立并且独特的品质以及风格。说到小小说的风格，我认为应该分成四个部分来进行讨论：其一，一位小小说作家的风格；其二，一群小小说作家的风格；其三，一本小小说刊物（或者一本纯文学刊物的一个小小说栏目）的风格；其四，小小说相对中短篇和长篇小说的文体风格。只有相对独特和独立的风格才能构成小小说相对独特和独立的艺术品味和文学特质，只有拥有相对独特和独立的风格，小小说才能够继续健康稳固地发展，才能成为小说家族里永远不可忽略的一门重要艺术。

先说一个小小说作家的风格。

现在的小小说界，好的小小说层出不穷，这些小小说无论从其艺术性、思想性还是创造性上，都不落后于中短篇和长篇小说。但问题是，现在的小小说作家，最缺少的，就是其个人的行文风格。举个例子，随便拿出几篇小小说，掩去作者名字，此篇与彼篇，基本没什么不同。我的意思是，你充其量只能看到一篇很漂亮的小小说，却看不到小小说背后的作者，分辨不出来哪一篇作品出自哪位作家之手。换句话说，所有的小小说都是从流水线上走下来的成品，从形式到内容，基本没什么不同。这是一件很可怕的事情，因为，即使这个作家没有在重复自己，他（她）也是在重复他人。比如有评论说“小小说是留白的艺术”，于是所有的小小说全都留起了“白”，这儿一笔，那儿一笔，为读者留下诸多悬念。但其实，如果有必要的话，写“满”了不也挺好吗？“留白”固然是一种美，但“饱满”无疑是另一种美。国画虽然飘逸旷达，年画也不失纯朴喜庆，自然没有必要一哄而上；再比如，有人说“小小说是立意的艺术”，于是所有的小小说作品全都“立意先行”，甚至造成故事与立意的脱节、牵强乃至“夹生”，成为没有感悟的小品文或者仅仅成为一个小小说的框架。这样的作品太多成群，千篇一律，便有些“面目可憎”的味道了。为什么卡夫卡、泰戈尔的作品能读出来？为什么鲁迅、沈从文、张爱玲、莫言、王小波、苏童、余华的作品能读出来？我想就是其独立特行的风格。而在长期从事小小说写作的作家中，风格凸现的作家，比如宗利华、于德北、滕刚、魏永贵、陈毓、非鱼、婵娟、嘉男、唐丽妮等人，实为凤毛麟角。这些人也许不是把小小说写得最好的，但他们无疑把小小说写出了个人的风格。这风格是一个人的，是别人所不能够模仿的。风格是一位作家的骨头，失去了风格，作品写得再优秀，也会被埋没。过多的优秀作品被埋没，对于小小说本身，无疑是一种巨大的损失。

假如说一位小小说作家的风格不明显或许与其文学修养以及行文方式有关，那么一群小小说作家缺去其明显的风格，则与其写作意识或者与其“美学”意识有关。这里所说的“一群”，是指身处同一地域的并有着相同或者相似经历的作家；这里所说的“风格”，是指这一地域的作家的所应该共有的“地域文化风格”。“地域作家”或许不是一个高雅高贵的标签，但是“地域作家”所代表的，应该是一个地域独特的文化，一种不同于其他地方的文学意识，一种独一无二的积群思想。但是，在现如今的小小说创作中，很少有作家能够主动地追求其所处地域的“地域风格”，造成的最明显的现象，就是将一个地域的一群作家的一组作品同另一个地域的另一群作家的另一组作品摆放到一起，你不可能分辨得出哪一组作品从属于哪一个地域。但是在小说界的其他领域里，比如中短篇小说和长篇小说，这种地域性文化的“地域风格”便表现得尤为突出。比如迟子建、阿成、洪峰、乌热尔图、梁晓生等人的胡地文化小说，比如贾平凹、路遥、陈忠实等人的秦地文化小说，比如苏童、张国擎、赵本夫、叶兆言、范小青等人的吴越文化小说，再比如王朔、刘恒、石康、狗子等人的京味文化小说，甚至残雪、扎西达娃的陌生地域文化小说，等等等等。但是在小小说界，很遗憾的是，直到现在，很少有哪一位作家有意识地创作出一组地域文化小小说或者有哪一群作家有意识地创作出一组有本地域特色的地域文化小小说，当然就更谈不上有一支“地域文化风格”的小小说作家队伍存在。如果说一个作家的行文风格是这个作家的骨头，那么，一群作家的“地域文化风格”则是这个地域的这群作家的文化名片，是他们的血与肉，思想与灵魂。鲁迅先生说过，越是地方性的东西越具有世界性，那么，追求小小说的“地域文化风格”就绝不是固守自闭，其归根到底，还是为了扩展小小说作家的视野，让小小说的发展具有更为广阔的天地。

三，小小说要想与广大读者见面，就目前来说，主要还得依靠专门刊登小小说的刊物以及开有小小说栏目的纯文学刊物。那么，刊物风格自然会影响到小小说作家的写作以及读者对于小小说文体的正确认知。目前，国内几种小小说刊物的自身风格都比较明晰和独立，就是说，经常阅读小小说刊物的读者，即使不看刊名而只阅读小小说刊物内容甚至浏览目录，就能够很准确地将她们一一分出，比如《小小说选刊》的宽泛，《百花园》的深邃，《天池》的大气，《小说月刊》的好读，《金山》的温婉，《文艺生活》的阳刚，《短小说》《微型小说》和《微型小说选刊》的通俗性与可读性，《小小说月刊》的前卫视觉，《小说选刊》《北京文学》《当代小说》《芒种》《飞天》《四川文学》《小说界》《厦门文学》《短篇小说》等纯文学刊物的纯粹与厚重，等等。这至少说明，在目前，小小说刊物已经在小小说作家之前形成了自己独立并且独特的风格，创立了一个独属于自己的品牌，树立起一面独属于自己的旗帜。但问题是，一些小小说刊物在片面地追求发行量的同时，慢慢地偏离了小小说的本质。曾有读者这样告诉我，小小说，就是篇幅短小的故事。我很惊讶，问他为什么这样说，他指着某一本小小说刊物说，这上面发表的文章，不都是故事吗？他让我无话可说。其实我想告诉他，小小说不仅是纯文学小说，而且是好看的纯文学小说，但是一些小小说刊物却不是纯文学刊物，尽管那上面的一些文章也可以划为“好看”的范畴，但那绝对不是小小说。事实上这又为小小说作家们提出另外一个问题，那就是，如何把小小说写得好看？如何在坚守小小说的纯粹品质上，把小小说写得比现在更“好看”？我想“好看”绝不仅仅是一些人所理解的那样单靠复杂的、抖包袱式的、新奇的、甚至猎奇的情节，事实上，有味道、有弹性、有张力的语言，深邃的主题与思想，新颖的视角与结构，都会让小小说好看。否则，因为读者的不喜欢，使得小小说刊物为自身的生存选用一些通俗的粗俗的媚俗的庸俗的甚至恶俗的作品，就会令一本小小说刊物的定位和风格愈来愈模糊，慢慢变成二流或者三流刊物。刊物的这种风格又误导了小小说的创作者和小小说的读者，使得小小说越来越庸俗化、粗俗化、媚俗化甚至恶俗化。我想，小小说刊物固然要生存，但其前提是要坚守小小说的固有品质，那就是——小小说首先是小说，刊物上出现的所有作品，其底线都应该是小说或者有关小说。只有在这个前提下，小小说刊物才能够发展并稳固自己的刊物风格、品质以及品牌。

最后，说一下小小说相对中短篇小说和长篇小说的文体风格。小小说不是中短篇小说的缩写，这毋庸置疑；但是，小小说是否是中短篇小说的开头、结尾、或者中间部分？当然也不是。但是，假如将一篇小小说作品拿给读者，读者看完以后，能否猜出这是一篇独立的小小说还是一篇中短篇小说的开头部分？绝非笔者杞人忧天，现在的很多小小说，因作者大量地留白，读起来不像一篇小小说倒更像是一个中短篇的开头或者其中一个小的章节；或因作者所要描写的空间太大所要拓展的情节更复杂，使得小小说更像一个长篇小说的内容提要。于是小小说失去其风格，与中短篇小说混淆纠缠。什么原因造成？就是小小说丢弃掉其赖以安身的小小说本该的文本或者说小小说丢弃了本该的优势。当然同小说界其他领域一样，小小说也应该允许和鼓励先锋的存在，但是，一味地推崇先锋而忽略掉传统小说的诸多要素，只会把小小说这种文体变成四不像，结果反倒是害了小小说。如果说长篇小说更重命运，中篇小说更重情节，短篇小说更重场景，那么，小小说就应该更重瞬间。小小说的“小”注定其不可能表现太过宏大的场景，包融太过众多的人物，拓展更加复杂的情节，揭示更为深刻的主题，那么，小小说恰恰应该利用其“小”的优势，将一个个瞬间定格，形成一篇篇完整的、风格各异的小小说作品。我觉得目前小小说作家的小小说创作主要在运用三种视角：一是通过猫眼看世界；一是通过门缝看世界；一是通过放大镜甚至显微镜看世界。猫眼里看世界，世界自然会被放大，作者的视角自然会变得宽泛，但是作家笔下的人物和世界却变了形状，无疑，那是一个变形的虚幻的世界，一个不真实的世界；通过门缝看世界，世界是真实的，但却只看到了片面、片断或者碎片，即所谓的“管窥”，如果没有扎实深厚的文学基础，这种小小说写法更应该慬慎而为；通过放大镜甚至显微镜看世界，运用的是一个完全的视角，看到的是一个完整的情景，写出的作品，自然会更真实、更深入，这也是笔者所推崇的“显微镜下的瞬间定格”。但这种视角仍存在一个致命缺陷，就是距离太近。不管什么东西，一旦距离太近，一旦盯得太为长久，便会失真。并且，一味的“显微镜论”，使得小小说有了些“闭门造车”的意思。所以笔者的看法是，如果能将这三种视角（猫眼、门缝、显微镜）合三为一，那么，创作出来的小小说，才能有血有肉，才能有视角有细节，才能更加圆满。但不管如何，小小说是“小”的小说，既然是“小”的小说，就该有小的样子。我的意思是，只有把小小说写“小”，无论是题材、故事、人物还是其他，小小说才能形成不同于中短篇小说和长篇小说的独特的风格，小小说才是小说，才是“小”的小说。

综上所述，小小说想要继续生存与发展，小小说作家和小小说刊物想要更好地生存与发展，那么，必须具备的四种独立并且独特的风格是：一，每一位小小说作家都要有自己的行文风格；二，每一群小小说作家都要有其本地域的“地域文化风格”；三，每一本小小说刊物（或者每一本纯文学刊物的一个小小说栏目）都要有其独立的刊物品质和风格；四，每一篇小小说都要有其相对中短篇小说和长篇小说的文体风格，使得小小说地位越来越受重视，使得小小说作品在整体上越来越优秀。

创作年表

（主要作品）

2006 年

涉足微型小说。小小说处女作《长凳》发表于《短篇小说》，小小说《刀马旦》荣获“《小小说选刊》2005－2006 年度优秀作品奖”。

2007 年

小小说《变脸》荣获“幽默小小说二等奖”，小小说《铁》入选 2007 年中国小说排行榜，出版小小说集《送你一度温暖》《只要七日暖》《刀马旦》。

2008 年

小小说《脑袋》荣获“2008 年度小小说原创优秀作品奖”，小小说《洗手间里的晚宴》荣获“我最喜爱的微型小说作品奖”，小小说《与欧·亨利的约会》荣获“第六届全国微型小说（小小说）二等奖”，出版小小说集《分钟与千年》。

2009 年

出版小小说集《太阳裙》并获 2009 年“冰心儿童图书奖”，个人被评为“新世纪风云人物榜·新 36 星座”。